B-52 OU CELLE
QUI AIMAIT TOLSTOÏ

"Domaine français"

DU MÊME AUTEUR

CHINATOWN, Le Seuil, 2009.
T. A DISPARU, Riveneuve éditions, 2012.
L'ASCENSEUR DE SAIGON, Riveneuve éditions, 2013.
PARIS 11 AOÛT, Riveneuve éditions, 2014.
UN AVRIL BIEN TRANQUILLE À SAIGON, Riveneuve éditions, 2017.
LETTRES À MINA, Riveneuve éditions, 2020.
LE PARC AUX ROSEAUX, Actes Sud, 2023.

publié en accord avec l'Agence littéraire Astier-Pécher
ISBN 978-2-330-20437-2

THUÂN

B-52 ou celle qui aimait Tolstoï

roman

ACTES SUD

À mon père.

Un homme d'âge moyen entouré par la foule, un grand bâtiment en brique rouge à l'arrière-plan, situé probablement aux États-Unis. La photo ne me dit rien. Mais le nom – Andreï Bolkonsky – me sidère. Tout comme la première fois lorsque je l'ai vu sur la liste des patients prisonniers spéciaux de Hỏa Lò. L'homme avait une blessure à la cheville gauche. Une autre plus profonde à l'épaule droite. Des coups de baïonnette. Il n'était alors qu'un squelette sur le sol bétonné de sa cellule. Un squelette au crâne rasé et en pyjama à rayures. L'image ne m'a jamais quittée. Vingt ans après, dans *Rousskaïa Mysl**, souriant en costume luxueux, visage rond, cheveux bien coiffés, il fait son discours devant une city hall américaine. J'essaie de retrouver la couleur de ses yeux. Ce sont nos jours misérables qui me reviennent.

Anna Karénine regarde le journal de la diaspora russe entre mes mains :

— Je vous le traduis en français, docteur ?

* "La pensée russe" (Русская Мысль) : hebdomadaire et le plus ancien journal en langue russe publié en Europe. *(Toutes les notes sont de l'auteure.)*

Aujourd'hui, dans ce centre pénitentiaire de la banlieue parisienne, personne ne sait que je parle russe. Il y a vingt ans, à Hỏa Lò, la prison centrale de Hanoï, le personnel savait que je ne parlais pas anglais. Un médecin ne parlant pas anglais était leur première exigence. Ils savaient aussi que j'étais sortie de la faculté de médecine de Leningrad avec un diplôme rouge*. L'Union soviétique, Lénine, la couleur rouge, voilà ce qui leur inspirait confiance au cours de cette guerre sanglante.

Il y a vingt ans, à la prison de Hỏa Lò, le nom inhabituel de ce prisonnier américain, personne ne l'a remarqué. Sur Andreï, ils avaient rassemblé des informations issues de nombreuses sources, en particulier des interrogatoires. Ses parents, ses chefs, ses anciens camarades, ses petites amies, ses dernières adresses connues, ses relevés de notes à l'école militaire, ses missions au sein de l'équipage du B-52… Mais la passion de sa mère, Américaine de la classe moyenne, ils la négligèrent. Admiratrice du roman *Guerre et Paix*, elle avait accepté de se marier avec un Bolkonsky, pauvre, fraîchement arrivé de Russie. Elle avait donné ensuite le prénom du héros de ce chef-d'œuvre littéraire à leur fils unique. À cinq ans, Andreï Bolkonsky était allé à l'école communautaire de Russian Hill. À dix ans, il commença à découvrir Tolstoï. À quinze ans, il avait fini les trois volumes de *Guerre et Paix*. Mais à vingt-cinq ans il obtint un diplôme de l'École militaire de l'air, section électronique. Sa mère s'inquiétait. Elle ne s'était pas attendue à ce que ce nom ait un si fort impact sur le destin de son fils. Chaque nuit, elle priait

* Dans le système universitaire soviétique, la couleur rouge du diplôme correspondait aux notes les plus élevées.

Dieu de le protéger. Son père, en revanche, ne cachait pas sa satisfaction. De son expérience personnelle, il avait déduit qu'aux États-Unis, pour les immigrés, l'armée était le plus sûr moyen pour changer de vie. Andreï passait son temps dans les livres et son père avait eu si peur que son fils unique ne devienne écrivain… Se faire tuer sur le champ de bataille en recevant une balle en pleine tête, voilà qui avait plus de sens que de mourir à petit feu, mourir d'isolement, de misère et d'irréalisme. L'irréalisme ! Les écrivains sont les êtres les plus irréalistes qui soient. Lors des déjeuners du dimanche, un verre de vodka à la main, il disait à Andreï : "Je m'en fiche de *Guerre et Paix*, mais il paraît que mon compatriote Lev Tolstoï a fini sa vie dans les dettes, à cause d'une certaine théorie de non-violence à la con."

Ces anecdotes autour de son nom, Andreï ne me les a pas racontées tout de suite. À Hỏa Lò, nous ne nous voyions qu'une demi-heure par jour. Comme un médecin et son patient. Comme des combattants de deux camps opposés. C'était le début de la conférence de Paris et Hanoï rassemblait ses forces pour faire face à *Linebacker II*, l'opération de bombardement lancée par Washington. Le 24 décembre 1972, le gardien venait de quitter sa cellule, et j'ai dit à Andreï en russe, pour la première fois : "Dommage que nous n'ayons pas de caviar ni de bœuf Stroganov, mon cher prince, mais vous devriez finir votre repas pour vous rétablir !" Il m'a regardée, bouche bée. Depuis deux jours, il saisissait sa cuillère sans toucher à son repas. Soupe de potiron au saindoux et nouilles bouillies. Dans la cour, le badamier ondulait au vent du nord-est. Le givre formait des tas sur le toit de tuiles délabré. L'air empestait l'urine et les excréments. Les prisonniers vietnamiens faisaient la queue pour recevoir leur petit-déjeuner, servi dans leur pot de chambre. De vieux liserons d'eau bouillis accompagnés de riz pourri. Il en allait de même pour le déjeuner et le dîner. Il en allait de même pour les repas des malades de l'hôpital où je travaillais. Dans les hôpitaux du Nord-Viêtnam à cette époque, les malades recevaient, à tous les repas, de vieux liserons d'eau bouillis et du riz pourri. À mon retour de Leningrad, j'étais abasourdie en voyant mes collègues se partager un vieux scalpel et économiser la moindre goutte de sérum. Partout, la faim était la maladie la plus répandue. Les gens mangeaient des crapauds, des serpents, des rats, des araignées, des sauterelles, même des placentas de femmes accouchées. Je me suis habituée peu à peu, comme les autres, à vivre d'optimisme. D'eau, d'air et d'optimisme. L'optimisme était ici omniprésent : c'était le mot-clé des propagandes du Parti.

J'ai saupoudré sa cheville d'antibiotique. J'ai pris son pouls. J'ai mesuré sa fréquence cardiaque. Des battements irréguliers. Des bruissements dans le thorax. Dehors, les haut-parleurs ont lu les noms des victimes de la rue Khâm Thiên. La veille, des B-52 avaient largué des bombes sur cette petite rue du vieux centre de Hanoï. La liste était longue. La mère d'un camarade de lycée. La fille d'une famille voisine. Le neveu d'un collègue de mon père. La nièce d'une amie de ma grand-mère…

Depuis deux jours, Andreï ne touchait pas à son repas. Soupe de potiron au saindoux et nouilles bouillies. Le sous-directeur de Hỏa Lò m'a convoquée : "Nous devons faire connaître au monde entier la générosité de notre Parti. Mais camarade, ne gaspillez pas votre temps avec l'ennemi !" Je n'ai pas répondu. L'abcès profond à la cheville gauche : des coups d'une baïonnette rouillée. Le lendemain, lorsque le gardien est allé dans les cellules voisines, j'ai dit à Andreï, toujours en russe : "Si l'on vous ampute d'une jambe, il ne sera plus question de danser, mon cher prince." Ses paupières ont tremblé. Ses yeux se sont assombris. Le surlendemain, son repas restait toujours intact. Mais son thorax et son dos arboraient des traces bleues. Le directeur de Hỏa Lò m'a convoquée : "Nous devons faire connaître au monde entier la générosité de notre Parti. Mais camarade, ne gaspillez pas votre temps avec l'ennemi !" Le dimanche suivant, mon petit ami est venu à la maison et s'est assis à trois mètres de moi : "Nous devons faire connaître au monde entier notre générosité. Mais ma chère, ne gaspille pas ton temps avec l'ennemi !" Après quoi il a coupé les ponts. J'ai pensé qu'il était effrayé par l'odeur de la prison émanant de mon corps. Puis je me suis demandé s'il avait peur d'avoir des problèmes avec les services de renseignement. Mais il y avait une chose dont j'étais certaine : mes parents étaient ceux qui souffraient le plus. Mon père arborait ce que l'on nomme la mine du beau-père-tête-à-claques. Ma mère se montrait calme, tandis que des cernes se dessinaient peu à peu sous ses yeux. Aujourd'hui, je n'arrive toujours pas à comprendre pourquoi, pendant cette période misérable, une chose absurde comme le mariage pouvait encore leur infliger tant de souffrances.

— Voulez-vous que je vous le traduise en français, docteur ? insiste Anna Karénine.

De mes patientes dans ce centre pénitentiaire, c'est elle qui a le plus de problèmes de santé, un diabète de type 2 d'un niveau inquiétant, avec risque de complications cardiovasculaires. Je lui dis souvent qu'il faut arrêter les sucreries si elle ne veut pas mourir le mois prochain. Mais en vain. Elle me regarde avec dédain. Le sous-directeur du centre m'a convoquée : "Docteur, ne gaspillez pas votre temps avec une femme qui a tué son mari !" Ah, on m'avait dit qu'elle était autrefois la star d'un théâtre à Rostov-sur-le-Don. D'ailleurs, son surnom était venu de la célèbre héroïne qu'elle avait incarnée pendant sa période dorée. Mais pour quelle raison a-t-elle été condamnée en France, je l'ignore. Elle n'a pas l'air méchant. Elle me demande : "Aimez-vous Tolstoï, docteur ?" Elle me cite : "Dans l'amour, le plus et le moins n'existent pas", ou encore : "Je suis trop fière pour aimer un homme qui ne m'aime pas." Son visage est un peu bouffi mais sa voix reste encore belle, très chantante avec un léger accent russe. J'ai dit au sous-directeur de me laisser la revoir une fois encore. Il a accepté, ordonnant à la gardienne-chef de m'accompagner.

À peine entrée dans la cellule d'Anna, j'ai vu le nom d'Andreï Bolkonsky dans *Rousskaïa Mysl*. J'ai parcouru l'article, regardé son visage avant de m'arrêter sur ses yeux. Je devais avoir l'air abruti. Elle m'a observée attentivement, comme si elle avait pressenti quelque chose d'anormal, un certain lien entre moi et l'homme de la photo.

— Avec vingt ans et vingt kilos en moins, il aurait pu être le prince charmant de *Guerre et Paix* ! a-t-elle dit.

Non, à Hỏa Lò avec vingt ans et quarante kilos en moins, il ressemblait à un squelette. Un squelette au crâne rasé et en pyjama à rayures, sur le sol bétonné de sa cellule. Un squelette qui fondait en larmes toutes les nuits. Un matin, en saupoudrant sa cheville d'antibiotique, j'ai entendu de la cellule voisine une voix masculine, faible mais claire :

— Docteur, ne gaspillez pas votre temps avec ce lâche de dandy américain !

J'ai jeté un œil au corridor. Heureusement, le gardien n'était plus là.

— Il pleurniche toutes les nuits !

J'ai sursauté. J'ai regardé Andreï. Un rictus déformait son visage, un visage qui n'avait que la peau sur les os et deux orbites, un visage qui était tout près du mien.

— Vous verrez que les Américains fermeront les yeux sur les attaques de Hanoï. Qu'ils laisseront tomber Saigon.

Je n'ai pas répondu. La voix continuait :

— Dès que j'ai entendu ses pleurnicheries, j'ai compris qu'on s'était trompé d'alliés, qu'on perdrait cette guerre.

Le silence a repris possession de la cellule. Sur le visage d'Andreï, le rictus comme une balafre qui s'étendait de la joue jusqu'au menton. J'ai deviné que ces deux hommes avaient été confrontés l'un à l'autre, tard dans la nuit. L'autre aurait été le seul à parler, de sa voix faible mais claire. Andreï se serait tu. De honte. Une honte qui durerait toute la journée, tout le mois, et probablement tout le reste de son temps à Hỏa Lò, et même aux premiers temps de son retour en Amérique…

J'ai appris plus tard que l'homme de la cellule voisine était Z30, l'un des premiers espions envoyés par Saigon au-delà du dix-septième parallèle*. Amené par

* Selon les accords de Genève signés le 21 mai 1954, le Viêtnam est divisé en deux entités à partir d'une frontière établie aux alentours du dix-septième parallèle.

un bateau de la marine, ayant suivi les côtes en canot pneumatique, Z30 était arrivé seul à Hà Tĩnh, et avait été arrêté par les services secrets de Hanoï après seulement une semaine d'activité. Condamné pour "avoir trahi sa patrie en coopérant avec les agresseurs américains", il avait passé un quart de siècle dans des prisons et des camps de rééducation du Nord-Viêtnam. Une fois libéré, il avait décidé de fuir le pays sur un petit bateau de fortune. Après avoir subi, comme des milliers de boat people vietnamiens, des tempêtes, des pirates, des maladies, le manque d'eau et la famine, il avait débarqué aux États-Unis, puis s'était installé à Little Saigon, en Californie du Sud. Très bien accueillis par la diaspora vietnamienne, ses passionnants Mémoires avaient reçu une étrange proposition : ils seraient traduits en anglais et publiés par une maison d'édition américaine à condition que l'auteur accepte de supprimer certains passages. Il n'en avait pas cru ses oreilles. Il leur avait demandé quand même : "Quels passages ne vous plaisent pas ?" Ils lui avaient répondu calmement : "Tous ceux qui sont défavorables à Washington." Il avait dit non. Comme un véritable homme de plume, il avait refusé la censure.

Mais vingt ans auparavant à la prison de Hỏa Lò, *alias* Hanoi Hilton, Z30 était dans une situation tragique, bien plus tragique qu'Andreï. Délaissé par ses camarades et supplicié par ses adversaires, il avait déversé sa colère sur l'officier américain, ou plutôt sur ses pleurnicheries nocturnes. Je n'ai jamais entendu les pleurnicheries d'Andreï. Je n'ai vu que les taches blanches sur ses manches, les manches de son pyjama à rayures, trop juste pour lui, comme une centaine de pyjamas fabriqués à la hâte par Hanoï, afin de vêtir les invités indésirables du Noël 1972.

La voie ferrée fait un léger virage avant de longer la Seine. Devant moi, une vaste surface blanche opaque. Au loin, la ville semble sur le point de sombrer dans l'eau. Quelques magasins éclairés, telles des boules scintillantes, répandent de la lumière sur le lit du fleuve. De petits canoës sont attachés aux troncs des arbres. Des objets, des détritus, ou peut-être des cadavres d'animaux s'éparpillent au milieu du courant. Depuis une semaine, les médias ne cessent de parler de la crue du début du siècle, tel un avertissement.

Sur mes cuisses est posé le *Rousskaïa Mysl* qu'Anna m'a prêté. La photo d'Andreï se balance au rythme du train. Il semble me sourire depuis l'autre côté de l'Atlantique. Qu'est-il devenu ? D'après le journal, il vit avec sa femme et ses deux fils à Little Odessa. Un appartement dans le même immeuble que la librairie Moskova Kniga, où se déroulent souvent les activités de la communauté russe. Il sait préparer les blinis, le thé noir à la bergamote, le bortsch, les *pelmeni* et d'innombrables spécialités russes. Sa femme est née en Union soviétique et parle encore la langue. Il a de nombreuses connaissances nées en Union soviétique et russophones. Quelques fois par an, il les invite à un pique-nique sur la plage, dans le parc, au milieu de la forêt où ils préparent le chachlik* pour accompagner la bière d'orge faite maison. Le reste du temps, il les convie aux événements annuels organisés dans les lieux habituels : fin décembre – Réveillon du Nouvel An à l'hôtel de ville, mi-janvier – Noël orthodoxe à l'église russe, début avril – Pâques à l'école communautaire… Toujours avec de la vodka, de la salade à la crème fraîche, des petits concombres salés et des gros oignons marinés. Toujours avec des balalaïkas et des chansons populaires. Des chansons de mariage aussi. Et des chansons du Komsomol, pourquoi pas ? Il les connaît toutes par cœur, il frappe dans ses mains, attrape le rythme et danse en premier, sur n'importe quelle musique. Il aime bien faire plaisir à ces gens. Il a besoin d'eux. Bourgeois ou prolétaires, Russes blancs ou de l'Armée rouge, juifs ou orthodoxes, ils sont tous des électeurs potentiels. Il doit devenir sénateur, le premier sénateur américain d'origine russe. Il veut se voir entrer à la Maison-Blanche, être invité au Kremlin, serrer la main de Gorbatchev, que les Russes du monde entier le considèrent comme une fierté nationale. À vrai dire, Andreï Bolkonsky a le droit d'espérer tout cela. Il déborde d'enthousiasme et dispose de bons états de service. John McCain est, pour lui, l'exemple à suivre.

Il y a quelques années, mon ex-petit ami m'avait appelée du Viêtnam. Après un bonjour très formel, il m'a demandé :

— As-tu un moyen de contacter les anciens prisonniers américains de Hỏa Lò ?

* Spécialité culinaire semblable aux brochettes kébabs, et originaire du Moyen-Orient. Le terme est utilisé principalement en Iran et dans l'ancienne Union soviétique.

Je n'ai pas répondu.

— L'un d'eux est devenu sénateur. Celui dont l'avion avait été abattu au-dessus du lac de l'Ouest. Il pourrait même remporter les prochaines élections présidentielles.

Je restai silencieuse.

— L'homme qui l'avait sauvé de la noyade vient de recevoir un visa US de longue durée. C'est indispensable pour demander la Green Card.

Je restai toujours silencieuse.

— Si tu ne veux pas aller t'y installer, tant pis pour toi. Mais pense à tes amis, les États-Unis sont très généreux !

Non, je n'avais pas l'intention d'émigrer encore une fois.

Déçu, il a raccroché. Il ne m'a même pas dit au revoir.

À l'automne 1967, en bombardant une centrale électrique de Hanoï, un A-4E Skyhawk a été touché par des missiles sol-air SAM-2. Son pilote, John McCain, a sauté en parachute. Gravement blessé, il allait se noyer dans le lac de l'Ouest quand des miliciens d'autodéfense sont intervenus : l'un d'eux l'a sorti de l'eau, les autres l'ont poignardé avec leurs baïonnettes. Il a été ensuite emprisonné et torturé pendant quatre jours. Le cinquième jour, apprenant que son père était un amiral de la marine américaine, le gouvernement du Nord-Viêtnam l'a envoyé à l'hôpital pour une transfusion de sang et de plasma. Un membre du Politburo est venu le lendemain lui demander d'accepter un entretien avec une chaîne de télévision occidentale. Menacé d'arrêt du traitement, John McCain s'est résigné à répondre aux questions d'un journaliste français.

"Un pilote américain arrêté au Nord-Viêtnam !" Ces *breaking news* circulaient sur *Panorama** et d'autres programmes télévisés. Hanoï avait bien réussi son coup de propagande…

L'histoire de John McCain, je l'ai découverte par hasard, dans un journal français, lorsque j'étais déjà à Paris. Il avait failli devenir président des États-Unis, tellement ses états de service étaient irréprochables. Ses codétenus avaient affirmé qu'il n'avait jamais pleuré. Ses camarades avaient attesté ses vingt-trois missions au Nord-Viêtnam. Ses supérieurs avaient loué sa vaillance, son patriotisme, son expérience, et surtout son sens des responsabilités. Andreï, lui, n'était qu'un jeune officier en électronique. C'est ce qu'il m'avait dit lui-même. Dans sa cellule à Hỏa Lò où nous nous voyions une demi-heure par jour, comme un médecin et son patient, je ne lui ai jamais demandé ce qu'il faisait dans l'équipage des B-52. Il me l'a avoué lui-même. Il a dit : "J'étais chargé de désorienter les radars adverses." Sa voix était timide.

Cette nuit-là, à Paris, après avoir lu l'histoire de John McCain, j'ai fait un rêve étrange : je conduisais sur l'autoroute quand des fils brillants et soyeux ont surgi de nulle part et recouvert mon pare-brise. Je perdais le contrôle de ma voiture, qui tombait alors dans une mare de boue couverte d'empreintes de crocodile.

Samedi, j'ai raconté mon rêve à Philippe. Il m'a demandé s'il m'arrivait souvent de faire ce genre de cauchemars. J'ai pensé que sa question était une formule

* Émission de télévision d'actualités britannique lancée le 11 novembre 1953 et produite par la BBC.

de politesse. À l'époque, nous nous voyions une fois par semaine, les samedis après-midi, deux ou trois heures. Philippe était historien, spécialiste de la Chine. Depuis notre rencontre, il avait décidé de se renseigner davantage sur la guerre du Viêtnam. Quelque temps plus tard, toujours dans mon appartement, avant d'aller au lit, il m'a dit d'un ton sérieux :

— Les fils que tu as vus dans ton rêve…

Quel rêve ? Quels fils ? J'oubliais souvent ce que je lui avais raconté. Il avait l'air fâché. Il m'a dit :

— Les fils brillants et soyeux. Ils étaient lâchés par les brouilleurs des B-52 durant l'opération *Linebacker II*.

Je n'ai pas réagi. Il a poursuivi :

— Sais-tu que *Linebacker II* a été appelé par Hanoï "Diên Biên Phu aérien" ?

Je n'ai pas répondu. "Diên Biên Phu aérien", ça je l'ai entendu des milliers de fois au Viêtnam. Mais je ne voulais pas le dire à Philippe. Je ne savais pas pourquoi je n'avais pas envie de le lui dire. Pourtant, à me voir silencieuse, il avait l'air content. Il a dit :

— Dans l'équipage des B-52, ton prince Bolkonsky avait la mission la plus importante.

Je lui avais parlé d'Andreï peu de temps après notre rencontre. Il m'avait écoutée attentivement et avait noté tous les détails, y compris que ce prisonnier américain s'appelait exactement comme le héros de *Guerre et Paix*. Le samedi suivant, après avoir fait l'amour, au lieu de faire une sieste comme d'habitude, il m'a dit :

— Un B-52 possède de nombreux systèmes défensifs, y compris de multiples brouilleurs avec chacun son propre procédé. Par exemple, celui de répandre des fils d'aluminium recouverts de verre, comme dans ton rêve et comme je te l'ai expliqué samedi dernier.

J'étais sur le point de m'endormir, mais il a continué :

— Tu sais pourquoi ?

— Non, je ne le sais pas.

Il n'attendait que ça :

— Pour empêcher le radar ennemi de trouver la véritable cible.

Cela faisait quelques mois que Philippe suivait des cours de vietnamien dans le Quartier latin. Il n'avait pas l'air d'en être content. Il se plaignait souvent que la prof manquait de pédagogie. Lors de notre dernière rencontre, il m'a dit que les élèves ne venaient pas pour apprendre le vietnamien, mais pour parler de la baie d'Halong et voter pour la meilleure soupe phô de tout Paris. Il m'a demandé de lui donner des cours particuliers. J'ai refusé. Les week-ends étaient pour moi des jours de repos. En dehors de l'hôpital, je n'avais plus envie d'expliquer quoi que ce soit à qui que ce soit. Lui, depuis que je le connaissais, suivait avec le plus grand sérieux ses cours de mandarin. Au restaurant chinois, c'était toujours lui qui passait la commande, et on nous servait des brioches à la vapeur au lieu des raviolis, ou du canard laqué au lieu du pigeon mijoté. Il les avalait en grognant, incapable de se faire comprendre par le serveur.

Les samedis suivants sont tombés sur Noël et le Nouvel An. Philippe est parti en vacances en famille et on ne s'est pas vus. Un après-midi, à la bibliothèque de la rue Mouffetard, je me suis rendu compte que ce qu'il m'avait expliqué d'un ton grave tenait en effet des connaissances militaires de base : l'officier en électronique avait pour mission d'aveugler les détecteurs adverses, et cela pour assurer la sécurité de son avion, le B-52. Ce poste était le plus important de l'équipage. Andreï m'avait dit une demi-vérité. Sa voix était tellement timide.

Sur le point de partir, j'ai vu s'approcher la bibliothécaire à qui j'avais demandé des documents sur la guerre du Viêtnam : elle venait de trouver un document sur l'équipage d'un B-52. Elle a insisté : "Le réalisateur est un journaliste très connu en RDA, qui a fait de vraies recherches." Comme je secouais la tête, elle m'a dit que je pourrais le regarder chez moi, puis le rapporter dans la semaine. Je voulais lui répondre que tout cela n'était plus nécessaire, mais finalement je l'ai remerciée et je suis partie. Il faisait un froid polaire. Le long du trottoir, les sapins, vrais et artificiels, se cachaient derrière des boules et des guirlandes électriques. Les Parisiens se précipitaient pour les derniers achats de l'année.

Au comptoir des plats à emporter du Monoprix, j'ai demandé au vendeur de me préparer une portion de Noël. Il m'a répondu :

— Nous ne servons que des portions pour deux personnes et plus.

La pitié dans sa voix m'a rappelé que l'année précédente, je m'étais déjà adressée à lui : je lui avais sans doute demandé une portion de Noël, et il m'avait certainement fait la même réponse. En fait, j'avais pensé m'inscrire dès l'automne sur la liste des médecins de garde de nuit pour Noël. Mais c'est Pavel, un collègue d'origine russe, qui m'avait fait changer d'avis. Quelques semaines auparavant, lors de notre première rencontre dans le couloir de l'hôpital, on avait parlé en russe et il m'avait promis de m'emmener voir des films soviétiques. Ce soir-là, la pitié du vendeur du Monoprix m'a poussée à l'appeler. Comme il n'a pas décroché, je lui ai laissé un message. Une demi-heure plus tard, il m'a rappelée. Nous nous sommes donné rendez-vous au café au bout de ma rue. Il est arrivé en taxi et j'ai eu un peu de mal à le reconnaître : il était vêtu d'une parka militaire usée, et son regard exprimait une étrange frustration. Nous avons mangé chacun une salade avant d'aller au cinéma. C'était une petite salle non loin de chez moi. Nous avons décidé d'y aller à pied. Lorsque nous sommes passés devant la bibliothèque de la rue Mouffetard, je me suis sentie un peu perdue. Le quartier devenait désert alors que les lumières allaient briller toute la nuit, et probablement jusqu'à la fin du mois de janvier.

Une affiche en noir et blanc annonçait les films de la séance de vingt et une heures : *Dix-sept moments de printemps*, épisode I, en russe, avec sous-titres français. Au milieu de l'affiche, un bel homme en manteau gris portait un chapeau de feutre. J'ai reconnu Tikhonov, autrefois l'acteur préféré de bien des spectateurs du camp socialiste où le cinéma soviétique occupait une place centrale. Pavel a secoué la tête et m'a proposé d'aller ailleurs voir un autre film :

— Lorsque je vois ce type, j'ai envie de lui casser la gueule.

Je n'ai pas compris. Alors, il m'a dit :

— Tikhonov était mon idole.

Je n'ai toujours pas compris. Il m'a expliqué :

— Ses films me rappellent combien j'étais ignorant !

Il m'a conduite en silence jusqu'au cinéma de la rue suivante, puis à un autre quelques rues plus loin. On a fini par se promener le long de la Seine, car ces deux autres cinémas projetaient aussi des films qui rappelaient à Pavel combien il était ignorant. Il semblait avoir eu de nombreuses idoles, pas seulement parmi ses compatriotes. La promenade m'a laissé quelques fragments de souvenirs : nous marchions apparemment côte à côte, les mains dans les poches, moi de mon manteau et lui de sa parka militaire. À un moment, j'ai eu l'impression que Pavel avait voulu me dire quelque chose mais qu'il s'était tu. Moi, je pensais à Andreï. Un jour, à Hỏa Lò, je lui avais demandé s'il connaissait Tikhonov, l'acteur qui avait joué le prince Andreï Bolkonsky dans *Guerre et Paix*. Non, il n'avait jamais entendu parler des studios Mosfilm : "Il est impossible pour les Américains d'imaginer que les Soviétiques ont eux aussi leur septième art." Plus tard, à Paris, quand j'ai vu *Un tramway nommé Désir*, j'ai pensé à Andreï : comme la plupart des Soviétiques, je n'avais jamais entendu parler de Hollywood et nous ne pouvions pas imaginer que les Américains avaient eux aussi leur cinéma.

Cette nuit-là, après avoir traversé le pont Alexandre-III et les petites rues du Quartier latin, Pavel m'a ramenée au portail de mon immeuble. Puis, avant que j'aie pu le remercier pour la promenade, il m'a suivie dans l'ascenseur sans dire un mot. On s'est assis sur le canapé du salon. Il m'a embrassée. Il avait de belles dents mais son haleine de vodka et d'oignon cru m'a donné la nausée. Il m'a dit de toucher son sexe. Je ne sais plus si je l'ai fait. Il a regretté de ne pas me faire l'amour : "Je suis en exil, ma bite aussi." Je me souviens bien de cette phrase car j'ai sursauté en l'entendant prononcer si naturellement le mot "bite" en russe. Lorsque j'étais étudiante à Leningrad, "bite" faisait partie des mots à éviter, comme "dollar", "USA", "Occident", "sexe", "liberté", "droits de l'homme", "démocratie", "*samizdat**", "marginal"... Il n'existait pas de liste officielle mais par peur d'être renvoyés, les étudiants étrangers exerçaient une sorte d'autocensure et constituaient peu

* Diffusion clandestine d'ouvrages interdits par la censure de l'ex-URSS.

à peu leur propre liste. Une camarade en faculté de lettres m'a raconté que Pasternak et Bakhtine étaient deux noms qu'elle faisait très attention de ne pas mentionner, ni à l'oral ni à l'écrit. C'était une fille très sérieuse qui passait son temps dans les bibliothèques. Après ses cinq ans d'études, elle n'est pas rentrée au Viêtnam comme les autres, sélectionnée pour préparer un doctorat en littérature comparée. Selon un bulletin d'information de l'ambassade, le sujet de sa thèse était "Le réalisme socialiste et les influences soviétiques dans les œuvres littéraires contemporaines du Nord-Viêtnam". Longtemps après, je l'ai croisée à l'ambassade de France à Hanoï où nous étions venues toutes deux déposer une demande de bourse : moi, pour un stage dans un hôpital en banlieue parisienne, elle – une maîtrise en littérature comparée à la Sorbonne, "Le romantisme et les influences françaises dans les œuvres littéraires modernes du Viêtnam". Elle a insisté pour que je vérifie si son dossier était complet et j'ai perdu une heure à lire sa bibliographie qui comprenait une liste de quelque cinquante articles sur l'homme nouveau socialiste, traduits et publiés à Moscou, Pékin et Pyongyang.

"Je suis en exil, ma bite aussi", m'a dit Pavel d'un ton sérieux. J'étais un peu surprise mais finalement, il ne s'est rien passé entre nous, cette nuit-là. À mon réveil, le salon était désert. Au-dessus du matelas posé sur le sol, se trouvait une feuille A4 avec ces deux petites phrases "Navré pour le dérangement. Joyeux Noël !" rédigées en russe d'une écriture tortueuse typique des médecins. Nous nous croisons encore dans les couloirs de l'hôpital. Je le reconnais de loin bien qu'il soit en blouse médicale. Il ébauche souvent un vague rictus avant de changer de direction. J'hésite à lui parler, même pour lui dire bonjour. Quelquefois, il m'envoie des patients dont les maux relèvent de ma spécialité. Ses lettres de recommandation commencent toujours par "Chère consœur", et se terminent toujours par "Veuillez agréer l'expression de mes sentiments dévoués". Aussi, les comptes rendus que je lui adresse commencent toujours par "Cher confrère", et se terminent toujours par "Je vous prie d'agréer l'expression de mes salutations distinguées".

Le lendemain, c'était Noël. En sortant du travail, je suis allée directement dans un petit restaurant cambodgien au bout de la rue, qui proposait des soupes de nouilles. Sans me poser de question, le propriétaire m'a préparé un délicieux Hủ tiếu au poisson avec beaucoup de poivre et de coriandre. J'ai mangé en bavardant avec lui et sa femme. Ce soir-là, ils avaient l'air tourmenté. J'avais l'impression qu'ils voulaient vider leur cœur en me parlant de leurs nombreux soucis dans l'éducation de leurs fils, un sujet qui ne m'a pas du tout intéressée. Je suis restée quand même jusqu'à vingt-trois heures en tentant de me montrer compréhensive. Cela a sans doute ému le couple. Ils m'ont remerciée en me reconduisant jusqu'à la porte. Avant de me dire au revoir, la femme m'a signifié qu'ils auraient bien aimé nous inviter – "vous et votre époux" –, à un repas spécial à l'occasion de la prochaine fête du Nouvel An cambodgien. "Il y aura aussi des amis français pour qu'il ne se sente pas seul." C'est alors que je me suis rendu compte qu'à leurs yeux je ne pouvais être que mariée. "Nous apprécions vos connaissances approfondies de l'éducation des adolescents", a dit le mari en me serrant la main. Je suis partie sans rectifier ma situation familiale.

Une fois rentrée chez moi, je me suis mise au lit pour regarder *Guerre et Paix*. C'était un DVD que j'avais acheté à la Fnac il y a longtemps mais que j'hésitais toujours à visionner. Peut-être à cause de sa durée. Je ne suis pas sûre d'être restée éveillée pendant sept heures cette nuit-là pour le voir de A à Z, mais j'avoue l'avoir bien aimé. Les rues d'un blanc éclatant, les églises orthodoxes avec les dômes en forme d'oignon, les flocons de neige voletant dans la nuit, m'ont rappelé Leningrad et Andreï. Je savais pourtant que tout cela avait été filmé dans des studios hollywoodiens, qu'aucun acteur ne parlait russe, aucun n'avait mis les pieds en Russie. Andreï ne connaissait pas la Russie non plus. Je lui apportais quelquefois, en cachette, une petite page déchirée des trois volumes de *Guerre et Paix* que j'avais achetés dans une librairie tout près de Notre-Dame-de-Kazan à Saint-Pétersbourg. Il les lisait, ou plus exactement les relisait, avec plaisir, le plaisir d'un prisonnier qui a trouvé un passe-temps.

Les années suivantes, le couple cambodgien renouvela son invitation pour la fête de Nouvel An traditionnel, tout en soulignant qu'ils nous invitaient, moi et mon mari. Je refusais chaque fois sans donner de raison. Lorsque je repense à eux, je regrette que le mari ait un cancer et qu'ils aient mis la clé sous la porte. Leur petit restaurant restait l'endroit où je revenais quand je ne savais plus où aller. Après cette soirée où ils m'ont raconté tous les soucis avec leurs fils, ils étaient redevenus réservés et je n'avais plus eu besoin de me montrer compréhensive. Ayant fui le communisme, ils n'aimaient pas le Nord-Viêtnam et j'évitais, en parlant avec eux, de mentionner que j'étais originaire de Hanoï et que mes parents y vivaient encore. Après tout, je disais rarement aux autres que j'étais originaire de Hanoï et que mes parents y vivaient encore. Non parce que cela me gênait, mais parce que mes collègues ne me disaient pas non plus d'où ils venaient ni où leurs parents vivaient. Je ne savais pas de quelle région de Russie Pavel venait, et si ses parents y vivaient encore. Je ne savais pas non plus s'il habitait Paris ou la banlieue parisienne, s'il avait une famille à lui. La raison pour laquelle il avait quitté la Russie m'était totalement inconnue. Peut-être l'était-elle aussi pour lui. Il y a une dizaine d'années, au moment de remplir ma demande de carte de résident, je n'ai pas su quelle case cocher parmi tous les motifs possibles de séjour en France. L'agente de la préfecture de police de Paris m'a regardée attentivement. Elle m'a avoué ensuite qu'elle-même n'avait pas su quoi répondre lorsqu'elle était arrivée de Tunisie vingt ans auparavant : à l'époque, il n'y avait pas toutes ces cases à cocher. Depuis qu'elle travaillait ici, elle s'était rendu compte que les gens faisaient très vite leur choix, la plupart pour la culture, ou au moins pour les études supérieures. Elle s'était alors crue seule à ne pas avoir su quoi choisir, jusqu'à ce qu'elle me voie si hésitante devant les cases à cocher.

Je ne sais donc pas ce qui a amené Pavel à s'installer en France. Je n'oublie pas la frustration dans son regard lorsqu'il est venu à notre rendez-vous dans le café au bout de ma rue. J'ai l'impression qu'il regrettait son choix bien qu'il fût considéré à l'hôpital comme un bon spécialiste dans son domaine. L'unique soirée où il est resté chez moi, après avoir déclaré "Je suis en exil, ma bite aussi", il n'a fait que boire de la vodka, deux bouteilles de Poliakov d'un litre qu'il avait apportées dans les poches de sa parka militaire.

De temps en temps, il se penchait vers moi et prononçait une phrase en russe, sur la nuit. Les simples d'esprit auraient pu croire que c'étaient des citations de grands philosophes. "Mieux vaut chercher la vérité toute la nuit que de douter toute une vie." "La clé du jour est la serrure de la nuit." "La tragédie de l'humanité ne consiste pas dans le conflit entre une chose et son contraire comme le jour et la nuit, mais dans la collision entre une chose et son double comme la nuit et l'obscurité." Effrayée par son haleine de vodka et d'oignon cru, je n'ai pas osé le mettre à la porte : mes voisins m'auraient demandé de bien nettoyer les vomissures qu'il aurait laissées sur le palier et dans l'ascenseur. Et cela avec de l'eau de Javel et du savon de Marseille. Finalement, j'ai posé pour lui un matelas sur le sol du salon avant de revenir à ma chambre. Les oreilles protégées par des boules Quies, j'ai lu un polar scandinave dans mon lit. Je me suis endormie, ignorante de ce qui se passait dans le salon. Comment Pavel est-il descendu du huitième étage sans avoir la clé de l'ascenseur ? Est-ce qu'il a pu prendre un taxi pour rentrer chez lui après avoir bu tant de vodka ? Je n'en avais aucune idée.

Rentré des vacances de Noël, Philippe n'est pas venu chez moi tout de suite. Au téléphone, il m'a dit qu'il m'apporterait un cadeau. Le samedi suivant, après avoir fait l'amour, il a sorti je ne sais d'où deux feuilles de papier A4. C'était le brouillon de son article sur l'échec de l'opération américaine *Linebacker II*. Je l'ai parcouru puis je lui ai rendu ses feuilles. Sans demander mon avis, il a alors lu à haute voix : "Méthode de brouillage défensif des B-52 : en dehors de propager des nuages métalliques, les B-52D, sous la direction de l'officier en électronique, sont également capables de neutraliser les radars adverses par une radio de haute fréquence." Je lui ai dit que j'avais sommeil et je me suis tournée vers le mur. Je n'ai pourtant pas réussi à m'endormir. Parmi les documents que j'avais lus à la bibliothèque de la rue Mouffetard, un article publié à Moscou en 1972 affirmait le contraire de ce que Philippe venait de me lire. Le chapeau de l'article comportait cette phrase imprimée en italique et en gras : "Juste avant l'opération *Linebacker II*, les spécialistes soviétiques en coopération avec les chercheurs militaires de Hanoï ont inventé KX, un radar sur lequel les brouilleurs des B-52 n'avaient aucun effet, ce qui a aidé l'armée du Nord-Viêtnam à repérer les forteresses volantes américaines et, enfin, à les abattre." Je n'ai pas raconté tout cela à Philippe. Non que je n'aie pas été sûre de la fiabilité de cet article, sans doute avais-je peur d'entendre la voix timide d'Andreï revenir et me dire : "J'étais chargé de désorienter les radars adverses."

Finalement, j'ai remercié Philippe sans même savoir pourquoi. Mon indifférence semblait le fâcher. Il avait mis plusieurs semaines à préparer son article ou plutôt le brouillon de son article, sans être sûr de sa rémunération : la guerre du Viêtnam, après tout, restait son hobby, car aux yeux des rédacteurs en chef des revues d'histoire, il était toujours un spécialiste de la Chine. Ces deux feuilles A4 se trouvent sans doute encore dans la cave de mon appartement, à côté des choses inutiles que je trie chaque fin d'année. L'article a-t-il été achevé et publié ? Je l'ignore. Après notre séparation, Philippe m'envoyait de temps en temps, par la poste, des brouillons sur la guerre du Viêtnam. Il me proposait de les lire et de lui donner mon avis. Je n'ai pas essayé une seule fois de les parcourir. Lorsqu'il me téléphonait, je le remerciais toujours, sans même savoir pourquoi.

Aujourd'hui dans le train, le journal *Rousskaïa Mysl* posé sur mes cuisses, je me dis que si nous nous voyions encore les samedis, je lui parlerais de l'article sur Andreï. Il me demanderait sans doute de le lui prêter et m'enverrait quelques semaines après le brouillon d'un article. Apparemment, la guerre du Viêtnam reste son violon d'Ingres.

La photo d'Andreï se balance au rythme du train. J'ai l'impression de n'y voir que son grand sourire. Mais ce n'est pas à moi qu'il est adressé, ce sourire affable. Parmi les immigrés venus de l'URSS, certains ont probablement travaillé dans le domaine militaire, peut-être même à la fabrication d'avions de chasse MIG-21, de bombardiers Il-28, de missiles sol-air SAM-2, de radars K8-60, de tanks, de véhicules blindés, de mortiers, de canons antiaériens, d'hélicoptères, de navires de guerre, et surtout de missiles antiaériens Dvina S-75 capables de détruire une cible à 25 kilomètres de haut et ayant aidé le Nord-Viêtnam à abattre les B-52. Mais aujourd'hui, Andreï ne trouve pas ça gênant. Il les invite tous à ses fêtes, tous les immigrés de l'URSS qu'il connaît ou qu'il ne connaît pas encore. Il leur offre de la vodka et de la nourriture, chante et danse avec eux. Il les aide à chercher du travail, à louer un appartement, à demander une Green Card, à obtenir des allocations familiales, à faire venir leurs proches, à trouver des soins médicaux gratuits, à bénéficier des conseils juridiques à petit prix. Pour les suffrages, il est prêt à tout, et toujours avec ce grand sourire affable.

Avant de mourir à l'hiver 1990, dans son délire, ma mère m'a dit qu'elle avait haï Andreï pour avoir gâché ma vie. J'ai fermé ses paupières, les doigts tremblants. C'était mon unique retour au Viêtnam. Un vol de vingt heures, avec deux escales, à Amsterdam et Bangkok. De l'aéroport de Nội Bài, je suis allée directement à l'hôpital 108 réservé aux cadres supérieurs du Parti. Arrivée dans la pièce où ma mère était alitée, je n'ai reconnu personne de ma famille. Mon père et mon frère ne m'ont pas reconnue non plus. Je me suis excusée avant de retourner à l'accueil pour faire vérifier le numéro de la chambre. Une infirmière m'y a ramenée en personne. J'ai alors eu le temps de voir ma mère une demi-heure avant qu'elle ne rende son dernier souffle. Mon père avait beaucoup changé. Il était encore plus maigre et plus amer qu'avant mon départ en France. Mon frère était devenu une autre personne. En fait, il avait déjà changé lors de sa dernière visite à notre famille dix ans auparavant, mais je ne sais pas pourquoi ma mémoire ne retenait que l'image de lui très jeune.

Ma mère était allongée sur le lit, sous une fine couverture, son corps assez gonflé, probablement à cause de la rétention d'eau. Au-dessus du lit, des bombonnes de sérum, de plasma, de fortifiants persistaient à goutter. À côté, les tiroirs de la table de chevet débordaient de médicaments, la plupart importés des États-Unis. Dans un coin, le réfrigérateur était rempli de compléments alimentaires américains et de toutes sortes de fruits frais. Mon frère m'a expliqué que ce raisin sans pépins, ces pommes bios et ces cerises charnues apportés de Californie par les hôtesses de Vietnam Airlines étaient revendus à Hanoï dix fois leurs prix d'origine. Mis à part Andreï Bolkonsky, ma mère semblait aimer tout ce qui était américain. Avant son cancer du sein, elle avait été invitée à prendre le poste de conseillère principale d'une association d'amitié vietnamo-américaine, et elle l'avait certainement accepté avec joie. En rangeant ses affaires personnelles pour les brûler, j'ai trouvé dans ses armoires une quantité incroyable de vêtements, de chaussures et de sacs à main *made in USA*. Son matelas, ses serviettes de bain, même sa brosse à dents étaient de marques américaines. Sur la table de chevet, un album photo la représentait dans de grandes villes américaines. À Washington, elle posait devant le mémorial des vétérans du Viêtnam, un énorme bouquet de fleurs entre les mains, le regard tendre et tolérant.

Fin 1972. Un jour, en rentrant du travail, j'ai vu qu'elle m'attendait dans le salon. Elle m'a indiqué la direction de la salle de bains. Elle n'a pas dit : "Va te doucher et te changer immédiatement !" Elle n'a rien dit mais j'étais stupéfaite par le dégoût traversant son regard. Cela faisait quelques semaines qu'on m'avait désignée pour venir soigner Andreï à Hỏa Lò. Mon petit ami ne me rendait plus visite qu'un dimanche sur deux. Nous nous retrouvions chacun à un bout de la grande banquette qui servait autrefois de lit à ma grand-mère paternelle. Ayant remarqué ce changement, ma mère a décidé de prendre les choses en main. Restée avec moi pour recevoir mon petit ami, elle l'a invité à passer aux fauteuils "pour plus d'intimité". Un peu de thé noir soviétique avec quelques graines de lotus confites "pour faire chaud au cœur" ! Avec un sourire charmant, elle lui a dit :

— La petite a passé toute la journée d'hier à le préparer.

Il ne savait que dire. Elle a continué :

— Savez-vous que c'est un travail très compliqué ? Il faut extraire toutes ces petites graines des cœurs de fleur de lotus, les faire bouillir avec de la chaux, les enrober de sucre et les faire mijoter pendant des heures tout en les remuant.

Elle lui a bien menti. C'était son œuvre à elle, qui faisait pourtant rarement la cuisine. Moi, je devais juste bien me laver, au savon et au shampooing de RDA, puis porter des vêtements neufs qui lui appartenaient. Quant à mon père, il ne devait pas apparaître dans le salon. Ces jours-là, il n'arborait pas encore cette mine du beau-père-tête-à-claques, mais depuis qu'il était à la retraite, il avait pris une nouvelle habitude qui ne plaisait pas à ma mère. Elle trouvait honteux d'avoir un mari qui se levait tôt le dimanche afin de faire la queue devant des magasins d'État pour acheter de la nourriture. Pire : chaque fois qu'il trouvait des poissons, il les préparait à la fontaine publique, torse nu, en y mettant toutes ses joies et toutes ses peines. Pêchées en mer puis transportées à Hanoï pour être vendues dans un état douteux, ces petites bêtes, une fois passées entre ses mains d'ancien chirurgien, devenaient fermes et brillantes. Il les posait ensuite sur un lit de galanga effilé et les arrosait d'un beau caramel de sucre de canne.

La révolution d'Août 1945 avait libéré ma mère de toutes les tâches ménagères, sauf cas particuliers tels que faire confire des graines de lotus pour recevoir mon petit ami. Elle était la fille d'une famille de petits-bourgeois de Hanoï. Lorsque mes parents se sont mariés, mon père était déjà diplômé en chirurgie de la Faculté de médecine d'Indochine. Sans baccalauréat, mais sous le patronage d'un ami haut dignitaire du Parti, ma mère a pu s'inscrire à l'école d'infirmières fraîchement fondée par le nouveau régime. Son diplôme en poche, elle est devenue, toujours sous le patronage de cet ami, agente administrative au département des relations humaines du ministère de la Santé avant d'obtenir, en formation continue, une équivalence au diplôme de médecin généraliste. À partir de là, sa carrière a été impressionnante : sous-chef de service puis chef de service, vice-doyenne puis doyenne, sous-directrice puis directrice d'hôpital, très probablement sous le patronage de ce même ami.

Ce monsieur petit et épais, je le voyais souvent dans mon enfance. Il venait à la maison lorsque mon père partait en mission loin de Hanoï. En apercevant sa Volga blanche dans notre rue, ma grand-mère paternelle rentrait immédiatement à la maison, prête à abandonner la queue qu'elle faisait pour acheter du lait en poudre de Tchécoslovaquie ou du sucre cristal de Cuba. Elle venait s'installer ensuite sur sa banquette au milieu du salon, jetant son regard vers le coin de la pièce, où ma mère et ce monsieur étaient assis chacun dans un fauteuil, près de la table basse. Les voisins riaient. Ils surnommaient ma grand-mère "la sentinelle".

Un jour, en rentrant de l'école, j'ai entendu des bruits à l'étage, dans la chambre de mes parents. Sans voir la Volga blanche garée au coin de la rue, j'ai senti la présence de ce monsieur dans notre maison. En effet, quelques minutes plus tard, il a descendu l'escalier et m'a regardée d'un air embarrassé. Ma mère est apparue à son tour, les yeux écarquillés en m'apercevant. Juste après leur départ, ma grand-mère paternelle a poussé la porte d'entrée. Elle est montée directement dans la chambre de mes parents puis est redescendue avant de fouiller dans tous les coins et recoins de la maison, même dans le garde-manger où il n'y avait presque rien hormis un bocal de sel au sésame. Revenue au salon, elle s'est allongée sur sa banquette et a refusé de dîner. Le soir, mon père est rentré de mission, épuisé. Depuis plusieurs mois, il était continuellement envoyé dans le Centre du pays pour former le personnel médical des hôpitaux. Les voyages étaient très difficiles. Nous étions en 1965, le président américain Lyndon Baines Johnson déclenchait les premiers raids aériens sur le Nord-Viêtnam. Les coupures de voie ferrée obligeaient souvent mon père à marcher plusieurs kilomètres au milieu de champs perdus, parfois sous les bombardements, avant de trouver un abri pour dormir et se faire prendre en stop le lendemain matin sur la route nationale. Rentrée du travail plus tard que d'habitude, ma mère a traîné mollement sa mobylette à travers le salon. Lorsqu'elle s'est approchée pour nous rejoindre au dîner, j'ai senti une étrange odeur exhalant de son corps. Nous mangions en silence. Je me souviens que ce jour-là, sur le plateau en aluminium, il y avait une assiette de viande en conserve, un produit venu de l'aide internationale que mon père recevait en récompense après chacune de ses missions. L'atmosphère était si tendue que je n'ai pas osé y toucher. Allongée sur sa banquette pendant tout le repas, ma grand-mère s'est tournée vers le mur. Elle s'est levée d'un bond lorsque mon frère et moi nous sommes retirés dans notre chambre. Puis, comme chaque fois qu'elle voulait discuter en aparté avec mes parents, elle a dit : "Je vous invite à un entretien important !" Sans répondre, ma mère a quitté la pièce. J'ai entendu ses pas dans l'escalier, puis dans sa chambre, suivis d'un claquement de porte. Mon père est resté. Depuis mon plus jeune âge, je ne l'ai jamais vu désobéir à sa mère. Veuve jeune, elle ne s'était pas remariée et mon père était son fils unique. Les deux parlaient très bas et il m'était impossible de distinguer leurs voix. Comme tout le monde le disait, ils se ressemblaient en tout point, du visage, de la démarche jusqu'à la voix. De temps à autre, mon père regardait vers notre chambre où mon frère et moi faisions nos devoirs. Quelques minutes plus tard, ma grand-mère ne semblait plus se contrôler. Elle a dit, hurlé plutôt : "Tu n'es pas un mec !" Cette phrase, ma mère l'a souvent adressée à mon père. Mais ce que ma grand-mère a déclaré une minute plus tard, a failli me renverser : "Ton fils est de *lui* !" Mon père a couru vers notre chambre, sans doute pour vérifier si nous avions entendu. Mon frère avait l'air très occupé par une série de nombres décimaux. Moi, j'ai baissé la tête.

À la fin de l'année scolaire, mon frère a obtenu son diplôme d'études secondaires. Malgré des résultats très médiocres, il a reçu une bourse pour étudier à l'étranger, dans un pays frère du camp socialiste. Lors d'un déjeuner dominical, ma mère lui a demandé dans quel pays il souhaitait aller. Comme il n'a pas répondu, elle lui a suggéré la République démocratique allemande. Il est resté silencieux. Quelques mois plus tard, pour son départ, il était accompagné à la gare centrale de

Hanoï par toute la famille, sauf notre grand-mère qui, depuis la veille, restait allongée sur sa banquette, visage tourné vers le mur. Lorsque mon frère a voulu lui dire au revoir, ma mère lui a fait signe de la laisser se reposer. Dès sa première lettre, il nous a annoncé qu'il avait été sélectionné pour étudier la médecine à Leipzig parmi d'autres étudiants venus de l'ancienne Indochine. Quelques années plus tard, ma grand-mère est décédée. Repoussée dans un coin du salon, sa banquette, son "QG de sentinelle", comme l'appelaient nos voisins, a finalement cédé sa place centrale à d'autres meubles.

L'été suivant, je suis partie en Russie. Je ne sais pas si ce monsieur ami de ma mère continuait de venir la voir chez nous, s'il restait dans le salon ou s'il montait dans la chambre de mes parents. De toute façon, mon père était souvent absent, envoyé sans cesse en mission vers le Centre du pays, une fois même sur le front B situé entre le Centre et le Sud, la zone la plus risquée durant la guerre. Il m'écrivait. Des lettres aussi rares que brèves, tantôt de Đồng Hới, tantôt de Quảng Trị, qui arrivaient à Leningrad au bout de six mois. L'encre sur l'enveloppe avait souvent bavé et les timbres s'étaient décollés. Ma mère ne m'écrivait pas. Elle préférait le téléphone. Trois ou quatre fois par an, au milieu de la nuit, on me faisait descendre dans le hall du foyer pour un appel de Hanoï. À l'autre bout du fil, c'était la voix de ma mère. Elle profitait d'une réunion au Ministère pour me téléphoner gratuitement. Chaque fois, j'avais le sentiment que ce monsieur était avec elle, la caressant depuis les seins jusqu'aux cuisses. En entendant son rire continuel, on aurait dit qu'elle était chatouillée. Puis, elle s'efforçait de prendre un ton sérieux pour me poser un flot de questions, toutes centrées sur le résultat de mes études : “Es-tu prête pour les examens ?” ; “Tes notes seront-elles toujours excellentes ?” ; “Le diplôme rouge est-il sûr pour la cinquième année ?”. Ses questions étaient souvent entrecoupées de silence. J’ignorais si c’était à cause de la mauvaise qualité de la ligne ou d’autre chose. Parfois, j’avais l’impression qu’elle avait posé le combiné sur le bureau de ce monsieur et qu’ils se serraient l’un contre l’autre, ou l’un sur l’autre. Ou peut-être s’embrassaient-ils sur les lèvres en se chatouillant, entourés de portraits de l’Oncle Hô, de Lénine et de Karl Max ainsi que de banderoles rouges aux lettres blanches : “Les dirigeants sont de fidèles serviteurs du peuple !” et “Soyons déterminés à vaincre les agresseurs américains !”. Elle m’a appelée au moins vingt fois en six ans, et j’avoue que je ne sais toujours pas ce que ma mère et son ami faisaient à l’autre bout du fil. Mais une chose est sûre : ils m’abandonnaient dans l’immense hall mal éclairé et glacial de mon foyer. Blottie dans ma chemise de nuit, j’attendais la reprise de la ligne. Un au revoir de ma mère, peut-être. Je regagnais ma chambre, épuisée. Elle ne m’a jamais dit ni au revoir ni bonne nuit. Elle ne m’a jamais félicitée pour quoi que ce soit. Encore aujourd’hui, je me souviens du dégoût dans son regard, un dégoût qui m’horrifiait. Avant de mourir, dans son délire, elle m’a dit qu’elle avait haï Andreï pour avoir gâché ma vie. Mes doigts tremblaient en fermant ses paupières.

L’été 1972, à mon retour de Leningrad, dans le hall de la Gare centrale de Hanoï, je n’ai pas reconnu ma mère qui faisait si jeune, plus jeune encore que le jour de mon départ, six ans auparavant. Mon père, je ne l’ai pas vu tout de suite. Maigre et perdu, il marchait à quelques mètres derrière. Impossible d’imaginer qu'ils étaient mari et femme : lui comme un vieillard et elle – une jeune fille en fleur. Il nageait dans un pantalon et une chemise usés qu'il portait depuis au moins dix ans. Elle se parait de vêtements chics fabriqués en RDA que j'ai crus tout d'abord offerts par mon frère : malgré ses résultats médiocres, celui-ci venait de décrocher un stage de longue durée dans un hôpital de Leipzig grâce au patronage de l'ambassade du Viêtnam à Berlin-Est. Personne ne savait quand il reviendrait au pays. À la fontaine publique, devant notre maison, nos voisins disaient qu'il resterait à l'étranger même après la fin de la guerre. Une fois, j'ai entendu quelqu'un ajouter : "Quelle chance d'être bâtard d'un futur ministre !" J'ai compris alors que ce monsieur à la Volga blanche serait un jour à la tête du ministère de la Santé.

Quant à moi, avec mon diplôme rouge, j'avais dû attendre longtemps avant de trouver un emploi. Une ou deux fois par mois, afin d'assurer mes besoins essentiels, je changeais en piastres une dizaine de roubles que j'avais économisés sur ma bourse d'études et rapportés de Leningrad. Heureusement, lorsque je me suis vue dépenser mes derniers billets, ma mère m'a dit que l'hôpital de l'amitié Viêtnam-Cuba cherchait un jeune médecin. "De bon pedigree", a-t-elle souligné avant d'ajouter : "Pour en faire un cadre du Parti." Une semaine plus tard, j'ai reçu ma blouse blanche. Je ne savais pas si c'était grâce à son propre patronage ou celui de ce monsieur son ami. En tout cas, j'étais la seule de ma promotion à avoir du travail.

J'habitais toujours chez mes parents. La maison était devenue trop grande pour nous trois. Ma mère occupait seule la chambre à l'étage. Mon père, après m'avoir rendu la pièce que j'avais partagée avec mon frère, dormait sur l'ancienne banquette de ma grand-mère. Ma mère était d'accord à condition qu'il se retire du salon chaque fois que nous recevions un invité. Heureusement, personne ne nous rendait visite sauf deux ou trois garçons qui venaient pour "chercher à me comprendre", comme on disait à l'époque, mais finissaient par disparaître l'un après l'autre, pour Dieu sait quelle raison. Lorsque le dernier a coupé les ponts, nos voisins ont été ravis de ne plus voir chaque dimanche après-midi la mobylette flambant neuve de ce fils de vice-ministre devant chez nous. Ma mère n'a pu garder l'air calme.

Un soir, rentrée du travail, je l'ai trouvée dans le salon qui m'attendait. Sans me demander d'aller me doucher comme d'habitude, elle est venue droit sur moi et m'a flairée comme un chien de chasse, avant de m'attraper par le cou puis de me coller son nez dans les cheveux. Plus tard, à Paris, en lisant *L'Amant* de Duras, je l'ai reconnue dans le personnage de la mère qui déshabillait sa fille à la recherche de traces suspectes du "Chinois". Si celle-ci y trouvait l'odeur de la soie et des cigares anglais, ma mère n'a senti sur mon corps que celle de la prison. Je n'ai pas oublié le dégoût dans son regard. Je ne lui en voulais pas. La nauséabonde odeur de Hỏa Lò, je l'avais sentie sur le corps d'Andreï et il la sentait sur son propre corps. Dans les premiers temps de notre relation, nous ne nous étions pas touchés. Pas une seule fois. Probablement à cause de cette odeur.

Un après-midi, à l'hôpital, j'ai reçu un appel de la direction de Hỏa Lò : il fallait que je sois là le plus tôt possible. À la permanence, on m'a dit de me rendre directement à l'infirmerie. L'infirmerie ? Je n'avais jamais entendu qu'il existait un tel lieu dans cette prison. C'était en fait une pièce sans fenêtre, aussi malodorante et glaciale qu'une cellule, avec au milieu, un lit en fer chancelant, et dans un coin, une étagère faite de tiges de bambou, trop vaste pour un flacon de teinture d'iode et une bouteille de sérum physiologique.

Allongé sur le lit, Andreï avait le visage déformé, les lèvres enflées et le menton couvert de pansements sales, probablement déjà utilisés et mal lavés. En me voyant, il a ouvert la bouche, peut-être pour me parler. Je n'ai rien entendu car le sang en a jailli avant d'imprégner son pyjama et de dégouliner sur le sol. En menaçant le gardien de le signaler à ses supérieurs, j'ai obtenu qu'il m'apporte un morceau de tissu et une cuvette en plastique.

— Crachez tout le sang puis rincez-vous la bouche au sérum, mon cher prince !

Andreï gémissait. Il m'a obéi finalement en fermant les yeux. J'ai supposé qu'il n'avait pas osé regarder toutes ces bulles rouges frémissant dans la cuvette. J'ai pris du sérum physiologique et nettoyé les blessures de sa langue, de ses lèvres et de ses gencives. Mais pour ses dents brisées, je ne pouvais rien faire sans équipements médicaux. L'auteur de ces coups savait s'y prendre. Un boxeur de petite taille ravi d'avoir un prisonnier d'un mètre quatre-vingts, blond aux yeux bleus, comme sac de frappe. Pour pratiquer, il ligotait Andreï et le forçait à s'agenouiller sur le sol. Le premier jour, les cibles seraient la bouche et la poitrine, le lendemain le nez et le cou, le surlendemain les yeux et la nuque… De toute façon ni un prisonnier ni un sac de frappe n'avaient leur mot à dire. Et un boxeur de Hỏa Lò n'avait besoin ni de règles du jeu, ni d'art du combat, ni d'élégance des gestes. La boxe anglaise ne permettant que les coups de poing, il y ajouterait les coups de pied. Puisqu'elle interdisait de tenir l'adversaire et de le frapper en même temps, il le menotterait puis le battrait comme plâtre.

Ce boxeur de Hỏa Lò, lui, adorait les films d'espionnage des studios Mosfilm dont les scènes de torture des services de sécurité du IIIe Reich l'inspiraient. Avec le temps, frapper des visages à la peau jaune et au nez plat lui était devenu ennuyeux. En ce Noël de 1972, le ciel lui avait envoyé en cadeau des sacs de frappe blonds aux yeux bleus. S'il avait su qu'Andreï avait les mêmes ancêtres que ses camarades soviétiques, il lui aurait évité des coups sur les dents, la poitrine ou la nuque, mais de l'URSS, il ne connaissait que Lénine et Staline. Léon Tolstoï, qui était cet inconnu au bataillon ? Ma mère ne savait pas non plus. Ni le monsieur son ami. Quand ils avaient parcouru le dossier d'Andreï, ni l'un ni l'autre n'avaient été attirés par ce nom insolite. Après un coup de fil au ministère de l'Intérieur, le monsieur son ami s'est tourné vers elle, paniqué :

— Chérie, c'est un officier en électronique, le membre le plus important dans l'équipage des B-52 !

Elle l'a regardé, paniquée :

— Comment faire pour que la "petite" se retire de ce travail si risqué ?

Il a hésité :

— Je ne connais personne à Hỏa Lò.

Elle a haussé les épaules :

— Tu mens.

Il a encore hésité :

— Je ne veux pas avoir de problèmes avec le ministère de l'Intérieur.

Elle a encore haussé les épaules :

— Toi, tu m'as bien causé des problèmes avec ma famille.

Il s'est tu. Elle s'est tue. Après un instant, il a demandé à ma mère :

— La "petite" est de moi ?

Après un instant, elle a secoué la tête :

— Malheureusement, non !

Il a poussé un soupir de soulagement. Elle lui a lancé un regard de dégoût. Lui tournant le dos, il est parti. Elle a lancé vers lui un flacon de parfum de RDA. Elle aurait continué avec une bouteille de shampoing et un pain de savon parfumé, mais elle s'est arrêtée, face à cette montagne de vêtements, de chaussures, de sacs à main, de foulards et de bérets qu'il lui avait rapportés de Leipzig. Il profitait de chacune de ses missions en Europe de l'Est pour passer par Leipzig voir mon frère, lui remettre ses cadeaux et l'emmener acheter des choses pour elle. Ensuite, il allait voir le consul à Leipzig, lui recommandait mon frère. En promettant au consul d'accueillir un de ses enfants dans ses services, il se sentait nerveux, mais se calmait immédiatement en pensant à elle. Son corps. Ses lèvres. Sa bouche… En outre, mon frère était son portrait craché. Petit, épais, la peau très claire, les yeux bridés. Moi, "la petite", qui n'étais pas sa fille, j'étais longiligne et basanée comme mon père. Quand je serai vieille, on me prendra certainement pour ma grand-mère et, si je vis encore au Viêtnam, j'irai probablement m'asseoir sur la banquette du salon pour jouer la sentinelle et mourir de désespoir, comme ma grand-mère.

J'avais soudain de la peine pour mon père. Ma mère lui avait interdit de préparer les poissons à la fontaine publique. Ses mains d'ex-chirurgien ne savaient plus que faire de leur dextérité. Il restait comme une ombre sur l'ancienne banquette de ma grand-mère. La place centrale du séjour avait été donnée à des vrais meubles de salon mais plus personne ne nous rendait visite. Les fenêtres avaient peu d'occasions de s'ouvrir, bien qu'après l'hiver 72, avec les accords de paix de Paris, il ne fût plus nécessaire de se protéger des B-52. Les ampoules étaient couvertes de toiles d'araignée car les coupures de courant étaient fréquentes depuis les bombardements de la centrale électrique Phu Yên. Ma mère continuait à rapporter à la maison des cadeaux offerts par ses patients, mais elle jetait les graines de lotus fraîches.

Parfois, à la vue de mon père immobile sur la banquette, je sursautais, croyant que c'était le fantôme de ma grand-mère. Une nuit, ma mère est entrée en courant dans ma chambre pour me demander de venir dormir avec elle. J'ai refusé, j'avais l'habitude de dormir seule. Livide, elle m'a dit que ces derniers temps, elle voyait sans cesse le fantôme de ma grand-mère, qu'il faisait des allers-retours entre le rez-de-chaussée et l'étage, fouillait dans tous les coins et ouvrait tous les placards, reniflant comme un chien de chasse. Elle a réussi à me traîner jusqu'en haut de l'escalier. Je ne savais pas que sa chambre était si belle. Une telle pièce, je n'en avais vu qu'à Leningrad, dans un ancien hôtel particulier situé sur la perspective Nevski et devenu, après la révolution d'Octobre, l'un des centres du Komsomol de la ville. Carrées, hautes de plafond, elles possédaient toutes les deux de larges fenêtres aux élégantes crémones en bronze et une majestueuse cheminée en marbre au linteau et aux jambages joliment sculptés. La seule différence se trouvait au-dessus de celle-ci : dans la chambre de cet hôtel particulier était accroché un grand miroir au cadre doré et dans celle de ma mère, une peinture ancienne représentant un paysage maritime mélancolique. Alors que je me rappelais les réunions annuelles obligatoires du Komsomol, ma mère s'est mise à se déshabiller et à défaire son chignon avant de faire un tour de la chambre. Il faut reconnaître que malgré son âge, elle avait su préserver sa silhouette très fine et son charme. La lune donnait à la chambre un air magique et j'ai soudain senti qu'en face de moi se tenait une femme que je ne connaissais pas, à la fois folle et perdue, aussi déterminée que faible. Tout en caressant sa poitrine encore bien ferme, elle m'a demandé :

— Je reste encore désirable, non ?

Sa voix était sincère, son regard vide. Soudain, elle s'est levée et a tourné sur elle-même, comme pour m'inviter à bien regarder son visage et son corps avant d'en donner un avis objectif. Sa chambre était en effet magnifique, mais il n'y avait pas de miroir, qui aurait pu l'aider à se contempler, à traquer ses rides et ses plis. Elle avait beaucoup d'ennemis, tous ceux qui étaient jaloux de sa beauté et de son succès, mais c'étaient ses rides et ses plis qu'elle détestait le plus. Ils étaient ses ennemis les plus redoutables, susceptibles de tout reprendre, d'elle et de son fils. Elle a fermé les yeux. Comme pour chasser l'image de mon frère rentrant au pays et partant au service militaire. Son fils chéri, à cinq ans faisait encore sur le pot, à dix ans mangeait encore avec une cuillère, à quinze ans comptait encore sur ses doigts, à vingt-cinq ans restait encore en première année de la faculté de médecine. L'ambassade du Viêtnam devait envoyer chaque mois de juillet une lettre diplomatique au ministère de l'Éducation de la RDA pour qu'ils ne l'excluent pas de l'université de Leipzig. Après y avoir redoublé cinq fois en six ans, il a finalement réussi à décrocher un stage de longue durée dans un hôpital, où il est devenu célèbre pour son hématophobie et sa passion du *schweinshaxe*, le jambon rôti local. Ma mère n'osait s'imaginer mon frère rentrer au pays et partir au service militaire. Elle le savait incapable de courir sous une pluie de bombes pour soigner qui que ce soit, incapable d'avaler du riz pourri et de vieux liserons d'eau bouillis au sel, unique nourriture de la plupart des Nord-Vietnamiens à l'époque. Alors, elle demandait de l'aide à son ami haut dignitaire du Parti. Depuis presque trente ans elle lui demandait de l'aide, en toute chose. Et il lui donnait toujours un coup de main, en toute chose. Sauf en ce qui me concernait. Pas question de se mêler de politique, d'avoir des problèmes avec le ministère de l'Intérieur. Ces prisonniers américains et leurs B-52, il ne voulait qu'une chose, les éviter. L'officier en électronique et les brouilleurs de radar, rien qu'en entendant ces mots, il paniquait. Surtout, je n'étais pas sa fille. C'est ma mère qui l'avait confirmé.

Je continuais d'aller à Hỏa Lò pour soigner Andreï. Plusieurs fois par semaine, le boxeur de la prison le tirait de sa cellule pour s'en servir de sac de frappe. Les communistes du Nord-Viêtnam avaient jugé bon de lui envoyer un médecin afin de montrer leur générosité au monde entier. Mon diplôme rouge de la faculté de médecine de Leningrad, ma peau trop foncée selon les canons de beauté vietnamiens et mon ignorance de l'anglais leur avaient inspiré une totale confiance. "Comme tu es belle !" m'a dit Andreï, lorsque le gardien a quitté la cellule. Sa voix était timide, son accent un peu fort, mais c'était du russe, un russe grammaticalement correct. J'ai failli lâcher la bouteille d'antiseptique. Je l'ai regardé avec méfiance, puis je me suis regardée : un pantalon de nylon noir, une chemise polyester gris clair et des sandales en plastique. Même si ma mère ne disait rien, son dégoût devant mes vêtements était palpable. Je me souviens encore des chaussures à talons en cuir et du foulard rose qu'elle portait les jours d'automne, lorsque le temps était beau, le ciel sans une ombre de nuage, ni une trace de B-52, ni une fumée de canon antiaérien, ni un hurlement de haut-parleur du matin au soir : "Attention compatriotes, les B-52 ennemis sont à quinze kilomètres au sud de la capitale, veuillez gagner les abris !"

Milos ne m'a jamais dit "Comme tu es belle !". Nous nous étions rencontrés un été dans une ferme collective au pied du Caucase, où nous étions ouvriers saisonniers et avions chacun une chambre dans le foyer de la ferme. Il était de l'équipe du conservatoire de Moscou, et moi de celle de la fac de médecine de Leningrad.

Il était gracieux, les doigts effilés et protégés par des gants doublés. J'étais encore plus mate de peau sous le soleil de juillet, les doigts rudes couverts d'écorchures et de suc des arbres. Je l'aidais à éviter les branches épineuses et à porter ses plateaux de fruits. Je poussais la brouette et il me suivait. À la fin de la première semaine, le chef de la cueillette nous a félicités tous les deux. Ce soir-là, je suis allée dans sa chambre et il m'a demandé si j'aimais le violon. Sans répondre, j'ai souri et il s'est mis à m'apprendre les genres musicaux. Ça c'est du classique, ça c'est du baroque, ça c'est du jazz, expliquait-il en me jouant des morceaux différents. Et ça, c'est *Les Nuits de Moscou*, m'a-t-il dit en clignant de l'œil et nous avons ri ensemble. Les yeux fermés, il passait doucement l'archet sur les cordes et la chambre s'emplissait de sons mystérieux. Une semaine plus tard, je prenais le petit-déjeuner avant d'aller à la ferme, quand on m'a demandé de descendre dans le hall pour un appel de Moscou. Au bout du fil, un Vietnamien, sans salutations ni présentation, m'a demandé de rompre sur-le-champ tout contact avec l'étudiant en violon yougoslave. Je n'ai pas eu le temps de réaliser, qu'il poursuivait déjà :

— Vous devriez lire le dernier bulletin d'information de l'ambassade pour connaître les relations ambiguës entre la Yougoslavie et les États-Unis.

Sans attendre ma réaction, l'homme m'a ordonné de revenir à Leningrad dès le lendemain.

— … Si vous ne voulez pas être renvoyée au pays ! a-t-il dit avant de raccrocher le téléphone en me laissant face à une série de bips incessants.

Milos ne m'a pas dit "Comme tu es belle !". Cette nuit-là, une nuit de pleine lune, nous nous sommes promenés au bord du lac, dans la fraîcheur venue de l'eau profonde et le chuchotement des feuilles de bouleau. À un moment, il s'est tourné vers moi. J'ai évité son regard et il m'a dit :

— Comme tu es forte !

Je n'ai pas répondu. Il a ajouté :

— Le teint foncé te va bien.

J'ai eu l'impression d'avoir esquissé un sourire. Il a conclu :

— Tu m'as beaucoup aidé.

Silencieux, nous avons regagné le foyer. Le lac s'éloignait petit à petit mais la lune nous suivait. Le murmure du feuillage devenait encore plus net. Les yeux baissés, nous nous sommes quittés sans nous dire au revoir, dans le hall du foyer. Je préparais ma valise quand, un moment plus tard, me sont parvenues depuis la fenêtre de Milos les notes d'un morceau qu'il ne m'avait jamais joué.

Longtemps après, il y a quelques années, je marchais dans les couloirs du métro Châtelet-Les Halles, à la correspondance entre la ligne 14 et la ligne 1. Soudain s'est élevée une mélodie de violon. Non loin de là, dans un coin de couloir, un jeune homme au visage d'ange et aux doigts effilés. Ce n'était pas le morceau de mon dernier soir au pied du Caucase mais la mélancolie m'a envahie toute la nuit.

Depuis presque une décennie, Anna vit dans ce lieu large de 2,52 mètres et long de 3,16 mètres. Une superficie totale de 7,9632 mètres carrés, 7,9 en arrondissant. Humide et crasseux. Ailleurs, un propriétaire n'aurait pas le droit de louer. Mais ici c'est la prison. Plus exactement, un "centre pénitentiaire pour femmes" situé au sud de Paris. 7,9632 mètres carrés, c'est une cellule de taille moyenne. Côté droit, une armoire et un lit individuel, tous deux en métal. Côté gauche, le WC et une douche minuscule. En face, sur le mur central, un grand tableau à la Degas représentant une jeune femme bourgeoise coiffée d'un chapeau blanc à voilette.

Anna me regarde fixement, comme pour scruter mes pensées. Elle ne sait pas que j'ai fait mes études en Russie mais elle voyait certainement des Vietnamiens à Rostov-sur-le-Don, où elle vivait avant de venir en France. À l'époque, de Leningrad à Odessa, de Moscou à Tachkent, de Minsk à Tbilissi, de Kiev à Novossibirsk, même dans les petits villages de province aux tristes nuits de l'Union soviétique, on ne trouvait plus dans les magasins d'État, durant des mois, l'ombre d'un réfrigérateur, d'un ventilateur, d'un téléviseur, d'une bicyclette, d'un four électrique, d'une plaque de cuisson, d'une cocotte-minute, d'un roulement à billes pour vélo, d'antibiotiques, de lait en poudre, de bonbons au chocolat... car des citoyens d'un pays frère d'Asie du Sud-Est avaient tout acheté puis ramené à leurs foyers dans des camions après avoir offert à chaque vendeuse un tee-shirt brodé et un tube de rouge à lèvres. La fin de la guerre signifiait la fin des aides internationales. Durant des années, l'agriculture vietnamienne a continué à ne fournir que du riz pourri et de vieux liserons d'eau. Et si l'industrie survivait, c'était grâce à la fabrication de tables, de chaises, de hamacs, de brosses à cheveux, de plateaux à thé, de thermos et de valises recyclés en toile de parachutes, de douilles de bombes et d'épaves de B-52.

Anna pousse soudain un cri. Un cafard venu de la cellule voisine se balade sur le mur d'en face, les antennes dressées joyeusement. À sept heures ce matin, comme d'habitude, la gardienne a fait sa tournée des cellules. Lorsqu'elle est arrivée à celle d'Anna, l'ancienne star soviétique gisait immobile sur le sol, presque évanouie. Elle a dû la secouer à plusieurs reprises et faire venir l'infirmière pour lui prendre sa tension : 170 mmHg, qui n'avaient pas l'intention de redescendre. À mon arrivée, l'infirmière m'a proposé de l'accompagner voir Anna. Sans donner de raison, celle-ci avait obstinément refusé de descendre à l'infirmerie pour rencontrer le personnel médical.

— C'est une tentative de suicide ! m'a dit l'infirmière.

J'ai pris le dossier d'Anna et l'ai suivie. Tous les personnels pénitentiaires le savent : les suicides sont la cause de la moitié des décès dans les prisons françaises. Au Viêtnam, il en est sans doute de même. Durant les mois où je venais soigner Andreï à Hỏa Lò, il m'arrivait souvent d'être appelée pour les suicides. Dans la plupart des cas, il était trop tard. À l'encontre de l'opinion commune, les prisonniers réfléchissent bien avant de décider comment se donner la mort. Les moyens sont variés, parfois insolites : morsure de la langue, grève de la faim, gangrène, maladies mortelles si on ne les soigne pas… Il y avait aussi des pendaisons. Où trouver une corde dans un lieu aussi surveillé que la prison Hỏa Lò ? J'ai appris que des prisonniers avaient déchiré leurs vieux vêtements pour en faire des bandes de tissu. Pour ne pas être pris, il leur fallait attendre les moments où les occupants des cellules voisines étaient autorisés à sortir pour vider leurs pots de chambre, recevoir leur repas ou se laver dans les douches communes. Le vacarme dans les couloirs masquait les bruits inhabituels, et les gardiens étaient occupés à maintenir l'ordre. Avec ces bandes de tissu, ils tressaient leur corde en cachette, sous les couvertures, dos à la porte car la patrouille pouvait entrer à n'importe quel moment ou les guetter par le trou de la serrure. Puis ils enroulaient leur tressage autour de leur corps et ne s'en séparaient jamais, même pour une minute, parce qu'ils risquaient d'être convoqués soudainement pour un interrogatoire, le temps pour les gardiens de fouiller leur cellule à la recherche de traces suspectes.

J'augmente la dose de médicaments et demande à Anna de les prendre. L'infirmière secoue la tête en me montrant ce tas de papiers d'emballage de bonbons Haribo jetés dans un coin. Anna évite toujours mon regard. Je lui dis que sa maladie a sans doute causé des complications rénales. Elle fait mine de ne pas m'entendre. Je lui explique que ses reins sont sûrement en train de produire de la rénine, une enzyme qui provoque une importante hausse de tension. Elle a un rictus de mépris. Elle sait que je suis prête à la menacer d'un infarctus ou d'un d'AVC.

— Franchement, docteur, depuis qu'on m'a condamnée à cette cellule de merde, la maladie et la mort me font moins peur que ce cafard qui est là-bas !

L'infirmière regarde sa montre et remet son tensiomètre dans la boîte. Sans nous dire au revoir, elle repart, l'air déçu. C'est l'employée la plus agréable, ici. Elle a déjà travaillé dans plusieurs centres pénitentiaires, notamment celui de Rennes, où les détenues écopent de lourdes peines, souvent pour meurtre. Elle n'a jamais cherché à savoir ce qui m'avait poussée à venir de Paris deux fois par semaine pour consulter dans cette prison. Elle m'a pourtant confié un jour qu'une dizaine d'années auparavant, abandonnée par son mari et incapable d'élever toute seule ses trois enfants, elle s'était inscrite à l'ANPE. Après une formation d'infirmière, elle s'était vu offrir un poste à l'infirmerie de la prison de Beauvais. Mais très vite, les prisonniers l'avaient désespérée, tous ces hommes prêts à se battre pour une simple cigarette, un mauvais regard, un mot blessant ou un crachat. "J'en ai eu assez de leur recoudre les lèvres et de faire des bandages sur leurs fronts", m'a-t-elle dit. Un jour, elle a appris que le centre pénitentiaire de Rennes cherchait une infirmière et a décidé de signer un contrat à l'essai. Elle ferait ses adieux aux prisons si elle se trompait encore cette fois. Contre toute attente, elle s'est rendu compte que les femmes avaient leur propre façon de purger leur peine. Elles ne se rouaient pas de coups pour tout et n'importe quoi. Issues principalement de familles difficiles et obligées de gagner leur vie très jeunes, elles travaillaient pour oublier leur incarcération et verser une indemnité aux familles des victimes.

Poser une fermeture éclair leur rapportait 3 francs. Raccommoder un bouton – 2 francs. Attacher une étiquette – 1 franc. Le soir, après huit heures de travail en atelier, elles sortaient le calendrier, rayaient la date du jour, puis notaient le nombre de jours restant jusqu'à la fin de leur peine. Elles pleuraient un peu ou beaucoup en fonction de leur humeur, puis se couchaient, souvent dans le regret de ce malheureux instant qui les avait poussées à tuer un être humain. Certaines pensaient même que dix-huit ou vingt ans de prison n'étaient pas assez pour le crime qu'elles avaient commis.

— Souvent, j'oublie qu'il s'agit de "criminelles". Elles ressemblent aux femmes que je vois dans la rue, une mère au foyer, une secrétaire, une vendeuse de supermarché, voire une institutrice. Elles ont déjà été jugées par le tribunal, je ne suis pas là pour les juger une fois de plus ! me disait l'infirmière.

Je n'ai pas demandé pour quelle raison elle avait abandonné son travail au centre pénitentiaire pour femmes de Rennes. On m'avait raconté des amours naissantes puis fanées entre prisonnières ou entre prisonnières et personnels pénitentiaires. Cela existait même dans des lieux tels que Hỏa Lò. Dans les Mémoires de Z30, il y a des passages romantiques sur une infirmière qu'il appelait "la demoiselle du delta du fleuve Rouge" : elle portait souvent une tunique lilas, le regardait au travers du judas de sa cellule en y glissant ses doigts pour qu'il les caresse. Une fois, lors d'un bombardement, les cellules avaient été ouvertes pour que les prisonniers puissent gagner les abris, elle avait couru s'appuyer contre son épaule et pendant tout le reste de sa vie, il se souviendrait de son "doux parfum sucré". Lorsque je suis venue y travailler, Z30 était déjà devenu un mythe même pour les gardiens, après son évasion spectaculaire : lors d'un interrogatoire en tête à tête, grâce aux techniques de combat transmises par un maître en arts martiaux cambodgien, l'ancien espion de Saigon avait réussi à immobiliser l'agent du contre-espionnage de Hanoï. Incapable d'appeler ses camarades à la rescousse, celui-ci avait regardé Z30 lui prendre son vélo et s'en aller. Il avait par malheur été rattrapé quelque temps plus tard. Surveillé de plus en plus étroitement, il était sans cesse déplacé d'une cellule à l'autre. Peu après ce matin où il avait dénoncé les pleurnicheries d'Andreï depuis la cellule voisine, il fut transféré dans un centre pénitentiaire spécial près de la frontière sino-vietnamienne.

Pendant cet hiver 1972, sans avoir eu l'occasion de rencontrer "la demoiselle du fleuve Rouge", j'avais entendu dire qu'une jeune infirmière avait été renvoyée par la direction de Hỏa Lò, pour une raison mystérieuse. Mais l'histoire d'amour entre la jeune femme et Z30 racontée dans les Mémoires de ce dernier, je pouvais me la représenter. Andreï et moi avions vécu des moments similaires quelques années après eux. Un jour, en broyant des antibiotiques pour en saupoudrer ses blessures, j'avais vu que devant la fenêtre de sa cellule, le ciel s'était obscurci puis de nouveau illuminé, dans un calme absolu comme avant la tempête. Étaient venus ensuite des bruits déchirants, comme si une dizaine de B-52 planaient dans le ciel de Hanoï. Les canons des troupes antiaériennes contre-attaquaient. Les projectiles tombaient comme de la pluie. Les tuiles volaient dans toutes les directions. Le sol tremblait. La petite table vibrait sous ma main. Les prisonniers se précipitaient pour quitter leurs cellules dans le hurlement des sirènes et des cris des gardiens. Tout pâle, Andreï m'a demandé :

— Que fait-on maintenant ?

Je n'ai pas eu le temps de lui répondre qu'il a poursuivi, toujours en russe, en me serrant contre lui :

— Où peut-on se réfugier ?

Sa question m'effleurait l'oreille. En cet instant, je n'avais plus peur des bombes, je ne pensais plus au risque de mourir. Je me sentais seulement perdue. De mon enfance jusqu'à ce jour, je n'avais jamais été serrée dans les bras de qui que ce soit, ni femme ni homme, ni parent ni étranger. Après la panique, Andreï m'a relâchée et s'est tenu tête baissée. Il avait conscience de son apparence repoussante et honte de son statut de prisonnier. Cela, je ne l'ai deviné qu'après coup. En cet instant, ma tête n'était plus capable de juger ni d'analyser. Comme une folle, j'espérais que le bombardement durerait le plus longtemps possible, afin que nos corps puissent rester serrés l'un contre l'autre, sans crainte d'être surveillés par les gardiens ou n'importe qui d'autre.

Les éclairs bleus successifs m'ont fait voir de nombreuses cicatrices sur les lèvres d'Andreï qui, ouvertes, révélaient des trous noirs entre les dents cassées. J'ai découvert que ses yeux étaient couleur de la mer, légèrement bridés avec de longs cils. Tout cela, je ne l'avais pas remarqué, peut-être parce que la cellule était généralement mal éclairée ou que je n'avais jamais eu le courage de regarder longuement son visage. Puis, Dieu seul sait pour quelle raison, j'ai soudain pensé à Milos dont je n'avais plus de nouvelles depuis presque cinq ans, depuis le jour où j'avais été obligée de quitter brusquement la ferme collective au pied du Caucase, sur ordre de notre ambassade en Union soviétique. Je me demande encore aujourd'hui pourquoi, pendant le reste de mon séjour à Leningrad, je n'avais pas cherché à le retrouver, même si je savais qu'il étudiait toujours à la section violon du conservatoire de Moscou. Je n'avais pourtant plus peur d'être renvoyée au pays, car dans les années qui avaient suivi, les étudiants vietnamiens furent nombreux à avoir des relations avec des étudiants étrangers. Je ne savais pas pourquoi je ne me mettais pas à la recherche de Milos. Au début, il me revenait de temps en temps en mémoire son visage d'ange et ses doigts effilés, jusqu'à ce que notre promenade nocturne au bord du lac disparaisse dans le néant, comme si elle n'avait jamais existé, ou qu'elle avait eu lieu dans une autre vie.

— Où peut-on se réfugier ?

Andreï a répété sa question et cette fois, il a réussi à me ramener au présent. Nous sommes sortis en courant. Dans les couloirs et la cour, les gens cherchaient avec frénésie des endroits sûrs pour échapper aux bombes. Une fumée âcre flottait sous un ciel éclairé par les flammes. Nous avions l'impression d'entendre des B-52 juste au-dessus de nos têtes. Lorsque nous sommes arrivés au niveau des toilettes, Andreï m'a lâché la main et s'est arrêté pour regarder, les yeux écarquillés. Là-bas, au sud de la ville où coulait le fleuve Rouge, une étrange boule de feu traversait le ciel et se dirigeait vers nous, à l'image d'un coucher de soleil apocalyptique. Au milieu des fracas et des éclairs, nous nous sommes agrippés l'un à l'autre. Les tuiles s'envolaient des toitures. Les branches d'arbres craquaient. Les gens pleuraient, on aurait dit que quelqu'un venait d'être touché. La barbe d'Andreï frottait contre mon front. Mon cœur battait la chamade. Puis j'ai eu la sensation que mes joues étaient effleurées par ses lèvres. Perdue, j'ai détourné la tête.

Quelques secondes plus tard, nous sommes arrivés à un abri antiaérien. Il y avait déjà foule. À travers ce vacarme de hurlements, de pleurs et de supplications, j'entraînais Andreï à l'intérieur, jusqu'à ce qu'il ne soit plus possible d'avancer. Nous nous étions blottis l'un contre l'autre, dans la lumière des lampes torches et l'odeur si particulière à Hỏa Lò. Le souffle d'Andreï haletait dans ma nuque. Ses doigts étaient à la recherche des miens. Il chuchotait à mon oreille, mais ses mots étaient étouffés par tous ces bruits horribles autour de nous. Je ne pouvais ni les entendre ni regarder ses lèvres pour deviner ce qu'il voulait me dire. Je me sentais pourtant heureuse, un sentiment étrange et indescriptible, sublime et fragile, qui m'a fait venir les larmes aux yeux. Des gouttes salées et chaudes roulaient sur mes joues, tombaient les unes après les autres, je n'osais pas les essuyer, je ne pouvais qu'ouvrir la bouche et les avaler. C'était peut-être la première fois de ma vie que je me sentais heureuse. Mais maintenant que j'y repense, je ne suis pas sûre que cela ait été vraiment du bonheur.

Il y a quelques années, à Paris, lors d'une longue dépression, je suis allée voir une collègue psychologue. Elle m'a demandé si j'avais aimé quelqu'un ou si j'avais le sentiment d'avoir été aimée. Je lui avais décrit cet après-midi à Hỏa Lò. Un détail a retenu son attention : j'avais soudain pensé à Milos lorsque j'étais dans les bras d'Andreï. Après un instant de réflexion, elle m'a fait part de son hypothèse : j'avais été amoureuse de l'étudiant yougoslave et l'officier en électronique d'origine russe n'avait joué qu'un rôle de suppléant. De l'extérieur, ils semblaient n'avoir rien à voir l'un avec l'autre, alors qu'en fait, ils étaient tous deux faibles, voire lâches et avaient tous deux été attirés par ma force, une force aussi bien physique que mentale dont je n'étais pas consciente moi-même. Ses analyses étaient interminables : je suis allée à son cabinet chaque semaine, pendant près d'un an. Selon elle, la guerre rend les femmes courageuses et les hommes craintifs. Au front, si les hommes se battent avec fureur les uns contre les autres, c'est pour surmonter la peur. La veille de chaque offensive importante, des actes barbares se produisent souvent : des soldats, même les plus gentils, n'hésitent pas à violer les femmes, à tirer sur les enfants, à couper la tête des personnes âgées. Et cela afin d'oublier les risques qu'ils courront le lendemain. "Un pilote de B-52 peut très bien être lâche", a-t-elle dit. Quand j'ai rectifié qu'Andreï était officier de guerre électronique, elle a considéré ce détail sans importance. Selon une théorie qu'elle affectionnait et dont j'ai oublié le nom, chaque individu est un univers mystérieux, personne ni aucune science ne permettent de l'explorer pleinement. "Un ange peut se transformer en diable à tout moment. À l'inverse, un bourreau peut connaître des moments de faiblesse", m'a-t-elle dit. J'ai décidé de ne pas lui raconter les pleurs nocturnes d'Andreï ni les mots "ce lâche de dandy américain" employés par Z30 pour l'accuser depuis la cellule voisine. Un an plus tard, si j'ai surmonté la dépression, ce n'était pas grâce à ces séances, mais à la suite de ma brève relation avec Vinh.

— Avez-vous terminé l'article, docteur ? m'interrompt Anna.

Elle a toujours l'air curieuse de ma présumée relation avec le futur sénateur Andreï Bolkonsky. Allongée dans sa cellule, ignorant son diabète de type 2, elle mâche des bonbons Haribo et savoure l'histoire d'amour entre un pilote américain et une Viêt-công*. Vingt-cinq ans auparavant, alors vedette du théâtre de Rostov-sur-le-Don, elle s'est vu confier le rôle principal d'une pièce sur la guerre du Viêtnam qui lui a laissé de très mauvais souvenirs. Elle a dû se teindre les cheveux en noir, tenir un fusil et porter un foulard à carreaux. Son partenaire de scène ne connaissait même pas son texte et avait l'air ridicule en uniforme militaire vert avec un revolver en plastique à la ceinture. Elle avait honte d'avoir déclamé avec lui des paroles grandiloquentes sur l'amour, la justice, l'idéal... Mais Dmitri, l'acteur qui jouait le pilote américain, était formidable. Charmant, mystérieux, sinistre parfois, on aurait dit qu'il était né pour ce rôle. Elle voulait jouer avec lui en duo. Pendant les répétitions, elle avait dit au metteur en scène : "Faites en sorte que la Viêt-công et le pilote américain tombent amoureux l'un de l'autre !" Mais celui-ci avait protesté : "Tu veux qu'on soit tous envoyés en camp de rééducation ?" Heureusement pour elle, ce spectacle de propagande n'a été programmé que quelques semaines, sinon elle n'aurait pas survécu à la honte face à ses fans.

Sans savoir que je suis en train de faire d'elle l'un des personnages de mon roman, Anna me demande :

— Vous avez rencontré Andreï Bolkonsky à la prison de Hanoï, docteur ?

Je ne suis pas capable de lui répondre. *Rousskaïa Mysl* parle d'un Andreï que je ne connais plus. C'est comme

* Nom donné, par les Vietnamiens du Sud, aux communistes et à leurs alliés regroupés en 1960 dans le Front national de libération, pendant la guerre du Viêtnam.

si notre rencontre à Hỏa Lò n'avait pas existé. Un squelette au crâne rasé et en pyjama à rayures, l'image ne m'a jamais quittée, mais lui, il doit l'avoir oubliée depuis longtemps. S'il me croisait dans la rue, il me saluerait d'un "Bonjour, comment ça va ?", la phrase française préférée des Américains, et il s'en irait. Ou peut-être d'un *"Здравствуйте, как поживаете* ?"* et il s'en irait. Ou un *"Hi, how are you?"* et il s'en irait. Médecin français d'origine vietnamienne, je ne pourrais rien faire pour lui, rien sur son chemin vers le Sénat des États-Unis. Et moi, si demain je le croisais dans la rue, continuerais-je ma route comme si de rien n'était ? Probablement, car large sourire, costume tiré à quatre épingles, visage poupin, cheveux bien coiffés, il ressemble maintenant à tous les hommes politiques américains qui font leurs discours devant une city hall.

Anna me regarde, l'air pensif. Elle a du mal à comprendre le goût des Occidentaux. "Il faut être bête pour tomber amoureux de ce laideron !", se dit-elle sans doute.

En sortant de sa cellule, je m'arrête dans le couloir. Une très légère brise glissant sur la Seine charrie l'odeur boueuse des alluvions, peut-être venues de loin.

* "Bonjour, comment allez-vous ?" en russe.

Nous nous sommes rencontrés à Paris. Dans le bar à côté de mon hôpital, Vinh s'est approché avec deux tasses de café fumant. "Puis-je m'asseoir ?" Sa voix était tremblante et son vietnamien mauvais. Je me souviens encore du regard inquiet du serveur, comme pour me demander si tout allait bien. J'ai tourné la tête vers la rue, sans répondre ni au serveur ni à Vinh. La rue était déserte, en cet après-midi d'octobre.

Vinh était mince. Avec ses lunettes rondes et ses cheveux noirs longs jusqu'aux épaules, il ressemblait à John Lennon. Il m'a dit : "Je vous ai vue hier ici, à la même heure, j'étais certain que vous étiez de Hanoï." "Hanoï" était le seul mot qu'il avait prononcé correctement. Il a ajouté, cette fois en français : "Je veux dire, vous comprenez, vous ne semblez pas être ici depuis très longtemps." J'ai haussé les épaules, indiqué la tasse de café qu'il avait posée devant moi : "Désolée, j'ai un rendez-vous avec un patient dans quelques minutes", ai-je dit en vietnamien. Esquissant un sourire, il semblait vouloir ajouter quelque chose mais ne trouvait pas ses mots. Je me suis levée et je suis partie.

Une semaine plus tard, au lit, il m'a avoué que ce jour-là, il avait été embarrassé par mon vietnamien. Je ne lui ai pas demandé pourquoi. J'avais rarement l'occasion d'utiliser ma langue maternelle. Parmi mes patients se trouvaient parfois des compatriotes, mais dans mon milieu professionnel, pour éviter tout malentendu, on me demandait de parler en français. Depuis que mes parents avaient un téléphone chez eux, je les appelais de temps en temps. C'était toujours mon père qui décrochait. Il m'a parlé en français dès la première fois. J'avais été surprise, mais il avait l'air si content que je lui réponde en français, même si cela me donnait l'impression que je m'adressais à un inconnu. Il aimait bien me parler de Paris, des choses dont nous n'avions jamais parlé lorsque je vivais encore à Hanoï. La dernière fois, il m'a dit : "S'il continue à pleuvoir des cordes, le zouave du pont de l'Alma va tremper dans l'eau jusqu'au ventre. La Seine atteindra bientôt les pieds de la tour Eiffel, et risque de pénétrer dans les sous-sols du Louvre..." Je ne sais pas d'où il tenait cela, mais depuis quelques jours, assise dans le RER, je voyais le niveau du fleuve monter toutes les heures. Il était possible que la semaine prochaine je sois obligée de prendre le bus ou de me faire accompagner en voiture par un collègue de la prison. Mon père était ravi de me parler en français. Le téléphone le rendait probablement plus à l'aise et libérait son imagination. Son français semblait arriver tout droit du dictionnaire, avec son accent volontairement rigide. Certains disaient que si, du temps de l'Indochine, les Vietnamiens parlaient ainsi le français, c'était pour préserver leur dignité.

Le français de Vinh, il n'y avait rien à redire. Correct, sans accent et truffé d'argot de jeunes Parisiens que j'avais du mal à comprendre. J'avais l'impression qu'il aimait la musique, surtout les Beatles. À la vue de ma carte d'identité sur ma table de chevet, il a déclaré :

“Nous avons sept ans de différence, comme John et Yoko.” Moi, je pensais que la différence était bien plus grande, le double peut-être. Au lit, je cédais. Au début de notre relation, nous nous voyions presque tous les jours. Il m'attendait à la sortie du travail, dans le café de notre première rencontre. Puis on allait chez moi. La porte de mon appartement à peine refermée, sans me laisser le temps de me rafraîchir, il se jetait sur moi pour me dévorer.

Nous faisions l'amour à même le sol, jusqu'à ce que mon dos soit en miettes. Mais il ne restait pas pour la nuit, pas une seule fois il n'est resté. Je ne l'ai jamais invité. On ne guérit pas de son enfance.

À l'hôpital, mon assistante m'a dit avec inquiétude :

— Soyez prudente, docteur ! Ce n'est pas parce qu'on est médecin qu'on ne tombe pas malade. Savez-vous qu'un grand spécialiste du VIH de l'Institut Pasteur vient de mourir du sida ?

L'air gêné, elle m'a expliqué qu'évidemment, dans mon cas, il ne pourrait s'agir de sida, mais il y avait tant d'autres risques. Sans répondre, j'ai continué à lire le bulletin d'information du département. Mes patientes à l'hôpital ainsi qu'à la prison me posaient souvent des questions sur ma vie personnelle, si j'étais mariée et combien d'enfants j'avais, si ma famille vivait en France ou encore en Chine. Mais il était impossible pour mes collègues, alors qu'elles travaillaient avec moi depuis dix ans, de m'imaginer autrement qu'en célibataire endurcie. Ma disponibilité coupait souvent court aux histoires de flirts qu'elles se racontaient. Pavel était le seul collègue masculin qui s'intéressait à moi, mais cela semblait se limiter à la sympathie entre deux émigrés russophones qui partageaient quelques souvenirs de la Russie soviétique.

Au début, c'était avec pitié que l'on me regardait à Noël et au Jour de l'an. Certains étaient même prêts à me céder leur place si je voulais être de garde à l'hôpital pour me sentir moins seule. Sans répondre, je restais chez moi. Quand la solitude me pesait, j'allais à la librairie au coin de ma rue. Le libraire connaissait mes goûts. Il me mettait de côté quelques polars scandinaves, au début pour Noël et le Jour de l'an, puis pour les vacances d'été, d'hiver et de Pâques. Dans mon imaginaire, la Scandinavie est devenue une gigantesque scène de crime où le soleil printanier ne fait que dévoiler des cadavres dissimulés au milieu d'une forêt enneigée, sous la glace d'un lac paisible, ou dans le parc d'une résidence sociale.

Un soir, chez moi, peu après le départ de Vinh, alors que je lisais un polar scandinave sur le canapé, on a sonné à ma porte. Je n'ai pas bougé. Puis une voix masculine s'est mise à hurler, une voix que je ne connaissais pas. J'ai voulu poursuivre ma lecture, mais le mur a tremblé : l'homme m'a menacée de forcer la porte si je refusais de lui ouvrir. Dans la lumière vive du couloir, je n'ai pas reconnu Vinh : ses cheveux en bataille, ses vêtements froissés et ses yeux injectés de sang. Il m'a jeté un coup d'œil suspicieux avant de se diriger tout droit vers le salon en marmonnant des mots d'argot que j'avais du mal à saisir. Une fois dans ma chambre, il s'est mis à renifler comme un chien de chasse en ouvrant mon armoire, tous mes placards, même le tiroir de ma table de nuit. Pour ne pas le voir fouiller les autres pièces, j'ai repris mon polar, poursuivie par des questions sans réponse. Je n'osais pas le mettre dehors ou appeler la police. Dans les hôpitaux où je travaillais, j'avais rencontré des patients susceptibles de devenir dangereux après être tombés soudain dans un état incontrôlable, et cela pour des raisons mystérieuses. Rien ni aucun moyen médical ne pouvaient leur être utile, jusqu'à ce que la crise disparaisse d'elle-même. Vinh a continué sa fouille encore un moment, tout en balbutiant ses mots d'argot, et a finalement claqué la porte. Cette nuit-là, le lendemain et le surlendemain, je n'ai fait que lire. J'ai lu tous les polars scandinaves mis de côté par le libraire pour les dernières vacances. J'ai retrouvé mon calme, pensant qu'il ne reviendrait jamais.

La semaine suivante, une nouvelle pile de polars scandinaves dans les mains, j'avais à peine franchi la porte de l'ascenseur que Vinh a surgi de nulle part, les yeux de nouveau injectés de sang. L'ascenseur a démarré. Sans me laisser le temps de réagir, il m'a donné l'ordre de ne m'adresser à personne en sortant. Au huitième étage, il a posé sa main sur mon épaule et nous sommes sortis de l'ascenseur pour entrer dans le couloir. Nous avons croisé une voisine qui nous a regardés de biais mais a fini par s'en aller sans poser de question. La porte de mon appartement refermée, Vinh s'est jeté sur moi. Il semblait avoir oublié ce qui s'était passé la semaine d'avant. Et moi, j'ai préféré ne pas le lui rappeler. À vrai dire, j'étais prête à tout céder devant son corps. Contrairement à son intérieur qui semblait en désordre, son corps était ferme et irréprochable, chaque cellule pleine de volupté. Nous avons vécu ensuite une période paisible. Vinh était devenu plus calme et plus doux. Pourtant, j'avais le sentiment que cela ne durerait pas. Parfois je me demandais si j'avais peur de le perdre. Les polars scandinaves m'intéressaient de moins en moins. Depuis ce jour, je ne parvenais pas à finir une seule page.

Nous cherchions à être ensemble le plus souvent possible. Les jours où je n'allais pas consulter en prison, nous nous retrouvions pendant ma pause déjeuner, dans un restaurant près de l'hôpital. Mais ce repas semblait être une torture pour lui : durant une heure, il me regardait, surexcité, les doigts tapant continuellement sur la table. Une fois, en attendant notre commande, je suis allée aux toilettes. Je me lavais les mains au lavabo quand il a surgi, m'a plaquée contre le mur pour m'embrasser sur la bouche. Ses mains ont commencé à fouiller entre mes jambes lorsque j'ai entendu une femme hurler en poussant la porte. Sans tourner la tête, il m'a relâchée, puis a disparu, l'air mécontent. Une autre fois, arrivés tôt, nous avions été parmi les premiers à être servis. Me faisant signe de rester bien sur ma chaise, il s'était rapproché de moi avant de glisser la main sous mon manteau pour caresser mes seins. Les deux jeunes femmes à la table d'à côté avaient failli faire tomber leurs couverts. Vexé, il m'avait ordonné de m'en aller sur-le-champ. Une autre fois, à peine avions-nous commencé à manger qu'il m'a montré par la vitre un petit hôtel en face : "Un quart d'heure, s'il te plaît." Finalement, nous y sommes restés plus d'une heure. Je suis revenue à l'hôpital le ventre vide. Lorsqu'elle m'a vue, mon assistante m'a conseillé de partir en vacances, et surtout de ne plus aller consulter dans ce centre pénitentiaire pour femmes. Une autre fois, Vinh avait envie de manger vietnamien et nous sommes allés au Pleine Lune, un restaurant que je connaissais bien, spécialisé en cuisine de Hanoï. Le serveur nous a souri en s'approchant. J'ai commandé, comme d'habitude, un bo bun avec des nems au poulet. Vinh voulait des liserons d'eau. Le serveur a secoué la tête. Vinh a froncé les sourcils et demandé à voir le menu. Le serveur s'est adressé à moi : "Je vous croyais célibataire." J'ai haussé les épaules et il a poursuivi : "Et vous avez un fils si grand !" J'ai jeté un regard à Vinh qui avait les yeux dans la carte, à la recherche des liserons d'eau. Le serveur a ajouté, cette fois en français : "Alors, ce beau jeune homme deviendra-t-il docteur comme sa mère ?" Je suis restée sans répondre mais Vinh s'est levé, les yeux injectés de sang. On aurait dit que sa folie était revenue. Lâchant une bordée d'insultes en argot, il s'est jeté sur le serveur, les mains en avant pour l'étrangler. Les autres clients se sont précipités pour les séparer. Le serveur m'a appelée à la rescousse mais je suis allée dans une autre salle, vers le comptoir, commander un café au lait glacé avant de rejoindre une table près de la fenêtre. C'était la table que je préférais dans ce restaurant. De là, je pouvais voir les pelouses ensoleillées du parc Montsouris et son petit lac avec des canards et un très beau cygne. Quelques minutes plus tard, Vinh est sorti et a semblé retrouver son calme en me voyant. Il est resté debout en attendant que je finisse ma tasse de café. Lorsque j'ai quitté le Pleine Lune, il m'a suivie en silence. Nous avions toujours faim et je n'avais plus le temps de déjeuner. Je ne lui ai pas demandé comment la bagarre entre lui et le serveur s'était terminée. Au restaurant, ils allaient devoir jeter à la poubelle le bo bun aux nems de poulet que j'avais commandé, car nous étions en pleine période de ramadan et ceux qui mangeaient hallal ne venaient pas au restaurant. Le patron serait sans doute mécontent. Je l'avais déjà croisé quelques fois, ici et à mon hôpital où il était infirmier vacataire. D'ailleurs c'était lui qui m'avait donné l'adresse du Pleine Lune, un de ses nombreux restaurants à Paris. Il bossait comme un malade, entre les hôpitaux et les commerces. Il y avait beaucoup de fierté dans sa voix lorsqu'il m'a dit : "Mais je gagne bien ma vie, certainement mieux qu'un chirurgien !" J'ai appris plus tard qu'il avait autrefois été chirurgien cardiovasculaire dans un hôpital militaire à Hanoï. Arrivé à Paris, il avait échoué aux épreuves d'équivalence. Faute de pouvoir exercer sa profession de médecin en France, il avait accepté de travailler comme infirmier vacataire tout en ouvrant avec sa femme leur premier restaurant dans le 13e arrondissement. Vingt ans après, ils avaient toute une chaîne d'établissements spécialisés en cuisine de Hanoï, à Paris et en proche banlieue. Sa femme s'était acheté un château près de Bordeaux pour créer un vin destiné aux clients asiatiques. Lui, il restait à Paris. Une fois prise sa retraite d'infirmier, il venait plus souvent dans ses restaurants où il remplaçait parfois un serveur ou un cuisinier en congé. Je crois qu'il connaissait mon père qui, comme lui, était chirurgien à Hanoï et aimait bien faire la cuisine. J'ai un peu regretté d'avoir été la cause de ce malentendu entre Vinh et le serveur. Mais il était trop tard pour revenir payer mon bo bun. Aux portes de mon hôpital, devant tout le monde, Vinh m'a embrassée sur la bouche avant de me dire au revoir. Stupéfait, le gardien a poussé un cri. Un hurlement plutôt.

Quelques jours plus tard, dans mon appartement, Vinh a de nouveau eu envie de manger vietnamien. Allongé sur le lit, il m'a demandé si je pouvais cuisiner pour lui quelque chose que je faisais habituellement. J'ai ri et montré mon réfrigérateur : "Désolée, il n'y a que du Picard." Les yeux écarquillés, il a cherché ses mots puis s'est tu. Mes amis ont la même réaction quand ils apprennent que je mange du Picard tous les jours. Ils ne font aucun commentaire, mais peut-être se disent-ils que c'est la raison de mon célibat. Qu'y a-t-il de plus pitoyable qu'une femme seule en terre étrangère ? Et les femmes, se disent-ils encore, qu'elles soient docteurs en médecine ou professeures d'université, doivent savoir faire la cuisine. Mes connaissances répètent ce proverbe anglais : "Les hommes font les maisons, mais les femmes font les foyers." Les Occidentaux mariés à des Vietnamiennes sont servis comme des princes. Pâtés impériaux, rouleaux de printemps, beignets de crevettes, bo bun, salade de mangue verte, poisson braisé au caramel, poulet mijoté au gingembre, bœuf sauté au basilic… Mes connaissances notent que ce ne sont pas des noms de plats, mais des recettes de bonheur. Ils n'ont pas tort : il n'y a jamais de divorce entre un Occidental et une Vietnamienne. Enfin, c'est rare.

Vinh n'aimait pas le Picard. Chez moi, lorsqu'il avait faim, il me parlait de la cuisine vietnamienne. Un soir d'hiver, il m'a dit que son plat préféré était le *"rau muống"* sauté à l'ail. Il n'a pas dit "liseron d'eau", mais *"rau muong"* en bon vietnamien, avec un léger cheveu sur la langue. J'ai ri et nous nous sommes jetés l'un sur l'autre, peut-être pour compenser l'absence de cuisine vietnamienne. Sa peau brillait d'un éclat cuivré comme si elle avait été fumée au soleil tropical. Ses lèvres exhalaient une odeur que j'avais connue, peut-être, dans une vie précédente. Ses mains n'étaient jamais rassasiées de désir. Son corps palpitait de volupté. Son souffle brûlait ma colonne vertébrale, mes épaules, mon ventre, mes orteils. Nous prenions notre plaisir partout : dans la dernière rangée de sièges des cinémas, le sous-sol d'un immeuble, la mezzanine d'un bar, le coin le plus profond d'un parc, les toilettes publiques en pleine rue, la cabine d'essayage d'un magasin de vêtements, la banquette arrière d'une voiture abandonnée, même dans un coin perdu de mon hôpital, tout près de la morgue. Nous n'avions pas besoin de nous dire "je t'aime", ni d'exploiter les meilleures positions, d'éveiller nos zones érogènes, de nous soucier du nombre de minutes des préliminaires, du nombre de secondes de l'acte sexuel, du nombre de microsecondes de l'orgasme. Peu importait pour moi de savoir où il vivait, ce qu'il faisait comme métier, qu'il soit né à Hanoï ou à Paris. Lui n'avait pas envie de savoir si j'étais mariée, si j'avais un ou plusieurs amants, dans quelles circonstances j'étais arrivée en France. Notre unique intérêt était le corps de l'autre. Son corps me faisait oublier tout le reste : si j'avais vu un B-52 à la télévision, je serais probablement restée aussi indifférente que devant une image de dinosaure ; en apercevant le nom d'Andreï Bolkonsky dans *Rousskaïa Mysl*, je n'aurais certainement pas sursauté, ni rapproché le journal, ni parcouru avec précipitation l'article, regardé longuement son visage sur la photo dans l'espoir de retrouver la couleur de ses yeux. Je n'en aurais pas souffert comme une minable entre deux âges.

Dans les bras de Vinh, je ne pensais à rien, ni à personne. Dans ses bras, je n'éprouvais ni regrets ni nostalgie. Je rentrais du travail, il me rejoignait au pied de mon immeuble. Dès que la porte de mon appartement se refermait, sans me laisser me reposer, il se précipitait pour me dévorer. Nous faisions l'amour à même le sol, nos vêtements jetés dans toutes les directions. L'un entraînait ensuite l'autre dans la chambre. C'était au tour des couvertures et des oreillers de voler en désordre. Que font les bouquinistes du quai Voltaire en cas d'inondation ? L'eau monte-t-elle jusqu'à la poitrine du zouave ? Comment le musée du Louvre se prépare-t-il pour protéger ses trésors au sous-sol ? Tout cela ne m'importait plus.

Quand il ne recevait plus mes appels, mon père se mettait à m'écrire des lettres. Des lettres brèves dans un français aussi réservé que sophistiqué, utilisant sans cesse le passé antérieur qu'il considérait comme un temps important du français mais ignoré de la langue vietnamienne. Des lettres sur lesquelles était collée une rangée de timbres d'une valeur de plusieurs centaines de piastres, l'équivalent d'un mois de salaire à l'époque où je vivais encore à Hanoï. Alors, à la fin de la semaine, je prenais le téléphone. L'indicatif 00-84-8, la voix de mon père, ses anecdotes sur Paris et ce vocabulaire qu'il ne traduisait pas en français : renouveau, ouverture, économie de marché, plan trois, perestroïka, glasnost… Tout cela me paraissait étrange.

Le corps de Vinh m'enivrait. Ivres, nous nous précipitions l'un sur l'autre pour nous dévorer. Pour oublier tout le reste. Mais les jours paisibles devenaient de plus en plus rares et il eut une nouvelle crise : ce matin-là, après m'avoir menacée de forcer la porte de mon appartement, une fois à l'intérieur il s'est dirigé vers mes polars scandinaves posés sur le canapé et les a jetés par la fenêtre. Il a ensuite fait le tour de l'appartement, jeté les autres polars par d'autres fenêtres, puis claqué la porte et couru dans l'escalier de service. Pendant une demi-heure, je n'ai rien eu à lire. La dernière image que j'ai gardée de lui était celle d'un fou, probablement celle qu'il montrait au reste du monde. Le soir, j'étais allée chercher à manger au café lorsque la concierge m'a invitée dans sa loge et m'a fait voir tous mes livres qu'elle avait rassemblés dans l'espoir de me les remettre plus tard. Je lui ai dit de les revendre à la librairie au coin de la rue, son patron n'aurait sans doute pas le cœur de refuser. En fait, je n'arrivais pas à comprendre comment j'avais pu avaler autant de polars scandinaves.

J'ai commencé à m'intéresser au cinéma. Je me suis abonnée à Canal + pour avoir un large choix. Parfois, j'allais dans une salle près de chez moi. Des hommes faisant la queue devant moi proposaient de me payer la place, je ne répondais pas. Certains me conseillaient gentiment d'attendre la séance suivante qui serait sous-titrée en anglais. Ils me disaient : "Malheureusement, le chinois n'est réservé qu'aux grands musées et aux magasins Vuitton !" Je ne leur répondais pas. Le grand écran m'émerveillait pendant une heure vingt, voire deux heures. Mais sur le chemin du retour, dans le café du coin de la rue où je m'arrêtais pour manger une salade, je me rendais compte que j'avais déjà oublié le film.

Depuis longtemps, mes collègues avaient cessé de me regarder avec pitié et de me proposer de prendre leur tour de garde les jours fériés et les grandes vacances. Lorsque j'arrivais, ils me disaient bonjour puis reprenaient leurs histoires de flirts. Certains continuaient à m'envoyer des patients dont les maladies relevaient de ma spécialité. Dans leurs lettres de recommandation, ils m'appelaient toujours "chère consœur" et me priaient d'accepter leurs "salutations distinguées".

Au centre pénitentiaire pour femmes où je consultais deux fois par semaine, rien n'avait vraiment changé à l'aube de l'an 2000. Les détenues purgeaient toutes des peines de dix ans ou plus pour avoir empoisonné un mari, tiré sur un amant, poignardé un voisin, frappé un patron, étranglé un beau-père… Elles avaient la grippe en hiver, le rhume en été, l'allergie au pollen au printemps, la gastroentérite en automne. Elles souffraient de diabète quand elles mangeaient trop sucré, de maux de reins si elles mangeaient trop salé, de cholestérol si elles mangeaient trop gras. Elles étaient joyeuses quand leurs maris leur apportaient des cadeaux pour Noël, malheureuses quand leurs enfants oubliaient de leur rendre visite à la fête des Mères, inquiètes quand leurs parents étaient en radiothérapie pour un cancer. Tous les soirs, elles ouvraient le calendrier, barraient la journée qui venait de s'écouler et notaient en marge le nombre de jours restants jusqu'à la fin de leur peine. Et avant de dormir, elles pleuraient un peu ou beaucoup selon leurs états d'âme. À cette époque, Mme Anna Karénine n'avait pas encore tué son mari et je n'avais pas encore eu l'occasion de la menacer de diabète de type 2, de pyélonéphrite, d'hypertension, d'infarctus du myocarde ou d'accident vasculaire cérébral.

Puis Philippe m'a souri dans un Monoprix près de chez moi. J'ai pensé qu'il s'était trompé de personne. Non, c'était bien à moi qu'il avait souri, me prenant pour une Sichuanaise.

— Philippe, spécialiste de la Chine, permettez-moi, s'il vous plaît, de vous accompagner pour un bout de chemin ! m'a-t-il dit en ce qui semblait être du chinois. Comme je n'avais pas compris, il s'est excusé et l'a traduit en français.

J'ai continué mes courses. Il m'a suivie. À la sortie du Monoprix, il m'a demandé s'il pouvait me donner un coup de main en portant mon sac. J'ai froncé les sourcils : il n'y avait qu'une boîte de thé noir Lipton, quelques citrons et deux petits pots de miel. Il ne semblait pas gêné. Il m'a déclaré :

— Les historiens français ont tort de ne pas avoir prêté assez d'attention à la guerre du Viêtnam. Celle-ci mériterait de faire l'objet de recherches plus approfondies !

Je voulais lui reprendre mon sac de courses. Il a reculé pour me laisser passer et a poursuivi :

— Si vous me le permettez, j'ai une question à vous poser !

Puis, sur le reste du chemin, il n'arrêta pas de dire "si vous me le permettez" et de me poser des questions sur la guerre du Viêtnam. Devant le portail de mon immeuble, je me suis précipitée à l'intérieur. Dans l'ascenseur, j'ai réalisé qu'il avait gardé mon sac de Monoprix. J'ai passé toute une semaine sans thé.

Le samedi suivant, il m'a de nouveau souri au Monoprix et j'ai serré contre moi mon sac de courses. Sur le chemin du retour, il m'a encore parlé de la guerre du Viêtnam en répétant sans cesse "si vous me le permettez". Je n'ai répondu à aucune de ses questions. À la porte de mon immeuble, il a baissé la tête en me disant qu'il avait beaucoup réfléchi et décidé d'orienter ses recherches vers la guerre du Viêtnam. J'ai filé à l'intérieur et suis entrée tout de suite dans l'ascenseur.

Philippe était le contraire de Vinh. Quelques semaines plus tard, allongée à ses côtés dans le lit, je ne pouvais m'empêcher de penser à Vinh. Je pensais à lui à chacun de mes rendez-vous avec Philippe. Je pensais à lui quand Philippe apparaissait à ma porte à quinze heures le samedi, entrait chez moi, posait son cartable, rangeait son parapluie, ôtait ses chaussures, retirait son chapeau, enlevait son pantalon, son caleçon… Je pensais à lui quand Philippe se tournait vers moi pour me demander des nouvelles, la santé, le travail, le film que j'avais regardé le week-end précédent, son histoire, mon avis. Je pensais à lui quand Philippe venait dans le lit, faisait les préliminaires, changeait de position, cherchait mon point G, sombrait dans le sommeil… Je pensais à lui quand Philippe se plaignait de ses cours de vietnamien, la classe bondée, les étudiants démotivés, le professeur sans méthode. Je pensais à lui quand Philippe expliquait comment les B-52 volaient en groupes de trois appareils, avec à leur bord un équipage de six membres, et qu'à la fin de l'année 1972 deux cents B-52 avaient bombardé Hanoï et Haïphong, plus de 15 000 tonnes de bombes avaient été larguées sur 18 cibles industrielles et 14 cibles militaires nord-vietnamiennes… Je pensais à lui rien qu'à voir Philippe m'offrir les brouillons d'un article, avec leurs listes à puces : *Linebacker I*, *Linebacker II*, Diên Biên Phu aérien, Hanoï douze jours et douze nuits, les accords de paix de Paris… Après six mois de relation sans aucune complication, j'ai demandé à Philippe de ne plus venir chez moi. Sans doute pour m'éviter de penser à Vinh.

Deux ou trois ans peut-être après notre séparation, lors du colloque intitulé "Les prisonniers psychotiques dans les prisons françaises", j'ai eu l'occasion d'écouter un rapport sur l'affaire de V. (le nom du patient était abrégé conformément aux règles du secret médical). Un tribunal de l'Indre-et-Loire avait prononcé une peine de dix-huit ans de réclusion contre ce jeune homme d'origine vietnamienne pour l'assassinat de son père adoptif par empoisonnement. Ayant répété son acte à plusieurs reprises, V. s'était fait arrêter chaque fois, mais seulement pour de courtes périodes : la première fois parce qu'il était encore mineur, les deux dernières fois parce que son père adoptif lui-même avait demandé une remise de peine au tribunal. Selon Bernier, l'auteur du rapport sur l'affaire de V., les experts en psychologie avaient bien accordé une attention particulière à l'adolescence de l'accusé, ils avaient peiné à l'analyser car sa famille adoptive avait un mode de vie hors du commun. Après avoir été emmené de Hanoï en France, V. était resté dans leur propriété complètement isolée du monde extérieur et ne communiquait qu'avec les domestiques et les précepteurs qui venaient lui enseigner le français, les mathématiques et le piano. Lorsque la police criminelle a essayé de contacter ces personnes, la moitié d'entre elles étaient déjà décédées. Détenant probablement le plus d'informations, la mère adoptive s'avérait la plus difficile à approcher. Or c'était elle qui avait signé le formulaire d'adoption de V. au Comité populaire de Hanoï.

Soudain, un homme d'âge moyen s'est levé pour demander :

— Comme nous le savons, le gouvernement français avait implanté son ambassade à Saigon et non à Hanoï. Alors, pour quelle raison la mère adoptive s'était-elle rendue au Nord-Viêtnam à cette époque ?

Bernier lui a répondu que la mère adoptive avait été envoyée en tant que journaliste à Hanoï fin 1972 pour couvrir l'opération américaine *Linebacker II*. Puis, sans laisser aux autres le temps de réagir, il a ajouté : "Il n'y a pas si longtemps, nous étions encore nombreux à attendre avec impatience ses reportages sur les conflits les plus sanglants du monde, de l'Algérie au Viêtnam, d'Israël à la Corée, de l'Afghanistan à Cuba."

Bernier avait un visage austère, mais une belle voix. Dès qu'il a fini sa phrase, une jeune femme a prononcé un nom célèbre. Les autres se regardaient. Ensuite arriva un flot de noms tous aussi célèbres. Bernier les a arrêtés d'un signe de la main :

— L'identité de cette personne n'a pas d'importance. D'après le dossier médical de V., fondé sur les données fournies par les médecins et les infirmières qui l'ont suivi, nous pouvons être presque certains que victime des B-52 pendant la guerre du Viêtnam, il a subi un traumatisme psychologique grave durant son enfance, et ce, avant son arrivée en France. C'était un enfant difficile à endormir et à nourrir, qui souffrait d'interminables cauchemars et qui se livrait souvent à des actes de violence. Tout cela aurait pu aider sa mère adoptive à se débarrasser du sentiment de culpabilité et à se confier à la police criminelle. Alcoolique, elle refusait pourtant de parler dans ses moments de lucidité et était toujours accompagnée de son avocat personnel dans ses moments d'ivresse. Ce dernier interdisait toute prise de note, sa cliente n'étant pas en état d'être responsable de ses paroles.

Sans se lever cette fois, l'homme d'âge moyen a posé une autre question :

— Est-il possible que V. ait tué son père adoptif parce que celui-ci aurait abusé de lui ?

Bernier a répondu alors :

— J'ai été obligé d'abandonner cette hypothèse ! Premièrement, il n'y a aucune preuve de cela. Deuxièmement, V. a bien bénéficié d'une remise de peine pour les deux dernières tentatives manquées, je répète, grâce à la demande de son père adoptif auprès du tribunal.

— Cela me fait penser au syndrome de Stockholm, a dit la jeune femme qui était déjà intervenue. La victime éprouve un certain attachement pour son agresseur comme stratégie de survie.

— En effet, après son arrivée en France, V. a été élevé dans un lieu isolé, a dit une troisième personne. Selon le rapport, il n'allait pas à l'école, n'avait pas d'amis ni de connaissances. Il y a donc de nombreux points communs entre son cas et celui des enfants abusés ainsi que celui des prisonniers dans les camps.

— Le syndrome de Stockholm montre que pendant le processus de maltraitance, la victime se fait souvent laver le cerveau par son agresseur, a dit une quatrième personne. Celui-ci lui donne le sentiment d'avoir été complètement abandonnée par le monde extérieur, il ne lui reste que lui. Et c'est là que naît l'attachement, même l'amour, et l'obéissance volontaire et totale.

— Deux causes principales du syndrome de Stockholm : une certaine bienveillance de l'agresseur envers sa victime et la conscience de celle-ci du danger dans lequel elle se trouve ! a dit une cinquième personne.

— Méfiez-vous de la théorie ! Il ne faut pas oublier que selon les faits, c'est V. qui a assassiné son père adoptif ! a dit Bernier.

— Mais il n'y a aucune preuve que l'accusé ait été victime des B-52 américains pendant la guerre du Viêtnam ! a dit une sixième personne. Au milieu des chuchotements, on a entendu les mots "Diên Biên Phu aérien", "Richard Nixon" et "général Giap".

Bernier a hésité un instant avant de faire signe à l'assistance de se taire. Ensuite, il a sorti de son cartable un deuxième rapport composé d'une vingtaine de feuilles A4. Mais au lieu de l'exposer comme le premier, il l'a lu, Dieu seul sait si c'était à cause de la fatigue ou d'un manque de préparation, étrangement, sa belle voix avait disparu et il a ânonné lentement des phrases incohérentes et absurdes, donnant parfois l'impression qu'il s'était trompé de ligne. Les chuchotements aux premiers rangs semblaient l'embarrasser encore davantage. À un moment, il m'a semblé qu'il avait lu le tiers d'une page avant de se rendre compte qu'il l'avait déjà lue quelques minutes auparavant. Si je l'avais suivi du début à la fin, je n'étais toutefois pas sûre d'avoir compris l'idée de l'auteur car la voix de Bernier n'exprimait aucune émotion. Cette monotonie recouvrait ses paroles d'une couche de sens assez difficile à déchiffrer. Maintenant quc j'y repense, je réalise tout à coup que son deuxième rapport ressemblait à une nouvelle. C'est peut-être pour cela qu'il avait décidé de le lire à l'assistance au lieu de l'exposer. Les phrases que j'avais crues incohérentes et absurdes étaient en fait des effets de procédés littéraires. Et les moments où il se trompait de page étaient très probablement le résultat des émotions qu'il éprouvait en lisant ses propres mots, comme c'était le cas pour certains écrivains.

Vingt-quatre heures après le 18 décembre 1972, jour où l'armée américaine a lancé l'opération *Linebacker II*, Claire L. a quitté le front algérien pour Moscou à bord d'un avion de l'Aeroflot. Une demi-journée plus tard, depuis l'aéroport de Vnoukovo, elle montait dans un appareil de l'armée soviétique et une autre demi-journée plus tard, arrivait à Hanoï, la capitale du Nord-Viêtnam.

Elle avait eu l'occasion de s'y rendre deux mois auparavant, pour un reportage sur l'opération *Linebacker I* : une bombe américaine était tombée sur la mission diplomatique française à Hanoï, détruisant les trois quarts du bâtiment et blessant grièvement le chef de la mission, tuant son épouse et quatre employés vietnamiens.

Ses tristes images accompagnées de récits des témoins en colère et de ses commentaires convaincants avaient été diffusées sur plusieurs chaînes de télévision française. Le gouvernement français avait condamné ce bombardement et le Pentagone fut obligé de reconnaître sa responsabilité. À Hanoï, pour ce nouveau reportage, elle avait conscience de l'enjeu stratégique que représentait cette nouvelle frappe aérienne, particulièrement massive : réélu en novembre de l'année précédente, Nixon avait déclaré sa détermination de ramener le Nord-Viêtnam à l'âge de pierre.

Une demi-journée plus tard, en plein bombardement des B-52, elle put décrocher un rendez-vous avec le Premier ministre de la république démocratique du Viêtnam. Ils eurent un après-midi de discussion agréable où revenait souvent le nom de Fidel, un grand ami commun. Émue, elle n'hésita pas à partager avec son interlocuteur ses souvenirs romantiques sur l'île des Caraïbes où elle avait été invitée à plusieurs reprises par ce héros du mouvement antiaméricain. Le Premier ministre l'écouta attentivement, puis dans un français parfait, la persuada de rester une semaine à Hanoï :

— Avec mon intuition et mon expérience, je me permets de vous prévenir que dans une semaine, la Maison-Blanche devra cesser de bombarder Hanoï et revenir négocier avec nous à la conférence de Paris.

Elle était restée silencieuse. Elle avait bientôt rendez-vous avec Fidel, un rendez-vous qu'elle attendait depuis si longtemps.

— Nous sommes à un moment crucial : les B-52 ne nous font plus peur, maintenant nous savons que nous sommes capables de les abattre. Nous sommes soutenus par l'opinion internationale, même aux États-Unis. Cette guerre menée par Nixon échouera !

C'est dans sa chambre à la maison d'hôtes au bord du lac de l'Ouest qu'elle rédigea, après avoir quitté le siège du gouvernement du Nord-Viêtnam, un télégramme urgent à destination de Cuba. Allongée sur le lit, dont le matelas était mince et un peu dur mais dont l'oreiller répandait une odeur agréable, elle écrivit dans un espagnol élégant et très parisien : "Mon très cher Fidel, Hanoï vient de me proposer de rester une semaine, ils voulaient que les nouvelles sur les crimes de Nixon soient diffusées dans tous les médias occidentaux. Ils sont persuadés que cette opération *Linebacker II* sera un échec et cela n'est pas déraisonnable. J'ai vu de mes propres yeux leur armée abattre plusieurs B-52 chaque jour. Mais tu m'as promis qu'on irait tous les deux en hélicoptère jusqu'à la baie des Cochons pour Noël, pour y célébrer ensemble la victoire de la révolution cubaine sur les exilés réactionnaires manipulés par la CIA. Moi, j'aimerais bien être dans tes bras. Dis-moi ce que je devrais faire, mon très cher Fidel ! PS : Ton ami le Premier ministre est un homme absolument charmant !" Quelques heures plus tard, elle tenait dans ses mains un télégramme en provenance de La Havane : "Ma petite chérie, considère le peuple vietnamien comme tes propres compatriotes ! Je t'embrasse tendrement ! Fidel" Heureuse, elle sombra dans le sommeil avant d'être réveillée brusquement à l'aube du 22 décembre. Deux officiers envoyés par le gouvernement lui apprirent que plus d'une centaine de bombes venaient d'être larguées sur l'hôpital Bach Mai, au sud de Hanoï, tuant vingt-huit personnes et en blessant vingt-deux autres.

— Le Parti nous a ordonné de vous emmener sur les lieux, camarade !

Elle regarda sa montre : vingt-deux heures à Paris. Les Français se coucheraient bientôt mais si elle le voulait, cette nuit, la France ne dormirait pas. Elle savait que le peuple de l'Hexagone pensait encore à cette terre indochinoise. "La vache ne connaît la valeur de sa queue qu'au moment de la perdre." Elle enfila ses chaussures et suivit les deux officiers.

Tout comme elle l'avait prédit, les petits écrans français s'enflammèrent cette nuit-là et les nuits qui suivirent jusqu'à la fin de l'année 1972. Des reportages montraient des B-52, escortés par des F-111, sillonnant le ciel de Hanoï, bombardant des quartiers résidentiels, des usines, des hôpitaux, des gares, des stations de radio et des centrales électriques. Des témoins aux visages décharnés et couverts de fumée répondaient en français, d'une voix émue, comme s'adressant à la France et aux Français…

À bout de forces pour avoir couru continuellement sous les bombes, Claire ne conquit les cœurs des spectateurs que le soir du 29 décembre, lorsqu'elle apparut sur le petit écran, essuyant les larmes d'un garçon de cinq ou six ans, maigrichon et hagard, entouré de cadavres et de bâtiments effondrés.

Le Premier ministre demanda alors au Comité populaire de Hanoï de l'aider dans les formalités d'adoption. La mission française accorda un visa express à l'enfant. Début janvier, elle arriva à Paris avec V. Elle se sentait épuisée, non seulement par ce terrible séjour à Hanoï, mais aussi parce qu'elle était inquiète pour son fils adoptif : venu vivre avec elle à la maison d'hôtes au bord du lac de l'Ouest, il avait passé son temps à pleurer et hurler, ne s'endormait qu'une fois épuisé. Elle avait tenté de se rassurer en se disant qu'il était encore sous le choc après avoir vu sa mère mourir sous ses yeux. Durant plus de dix heures dans l'avion, rendue folle par les pleurs et les hurlements constants de l'enfant, elle s'était dit encore : c'est son premier long voyage et par un moyen de transport qu'elle-même, si habituée aux déplacements, trouvait insupportable. Lors de leur escale à Moscou, quand elle demanda de l'aide, l'infirmier de l'aéroport de Vnoukovo lui donna des tranquillisants. Elle crut d'abord qu'il n'avait pas compris qu'il ne s'agissait pas d'elle mais de l'enfant, mais il secoua la tête et désigna V. Abasourdie, elle le remercia pourtant : elle n'avait plus vraiment d'autre solution.

— *My son has had an empty stomach for twenty-four hours** *!* avait-elle dit, émue par les mots *"my son"*.

Il lui apporta un repas de la cantine de l'aéroport : une pomme, deux œufs durs, quelques tranches de pain noir, une portion de beurre et un verre d'eau. Alors qu'il retenait V. par les bras, elle étala du beurre sur une tranche de pain avant de la tendre à l'enfant en lui disant *"an di !***", une phrase qu'elle avait répétée sans cesse à Hanoï chaque fois qu'elle le faisait manger. Et comme toujours, V. continua de pleurer et de se débattre. Elle posa la tranche de pain sur le plateau et leva les bras au ciel : "Pourquoi Dieu m'a-t-il infligé autant d'épreuves ?" L'infirmier secoua la tête, désigna le verre d'eau, lui indiquant d'y mettre une pilule de tranquillisant. En versant le contenu du verre dans la bouche de V., elle regarda sa montre : en trois minutes exactement, l'enfant cessa de pleurer, puis se mit à somnoler après avoir mangé un œuf dur.

À bord du vol Moscou-Paris, elle eut besoin de deux autres pilules de tranquillisant pour calmer V. de nouveau et avoir le temps de finir son article pour *L'Humanité*. À deux reprises, elle avait dû demander à des hôtesses de l'air de retenir l'enfant par les bras. À la fin, elle faillit fondre en larmes. "Tu as commis une grave erreur", se dit-elle cent fois, toute triste. Étaient-ils arrivés à Orly ou à Charles-de-Gaulle ? Qui les avait accueillis à l'aéroport ? Avaient-ils séjourné quelques

* Mon fils a le ventre vide depuis vingt-quatre heures.

** Mange !

jours dans un hôtel à Paris ou étaient-ils allés directement dans sa propriété près de Tours ? À combien de pilules de tranquillisant avait-elle eu recours afin de calmer V. et avoir ainsi le temps de rédiger les articles que les journaux lui avaient commandés ? Il m'était impossible de répondre à ces questions car c'est justement là que Bernier avait sauté au moins trois pages en lisant son second rapport.

Ensuite, d'après ce que j'ai pu entendre, Claire avait sombré dans la dépression et dans l'alcool. Qu'est-ce qui a pu pousser une femme si charmante, si brillante à perdre sa motivation, à boire tout ce qu'elle pouvait trouver dans la cuisine et à veiller la nuit comme un hibou ? Bernier n'a fait que décrire les faits sans fournir plus d'explications. Cependant, je ne croyais pas que V. était à l'origine de ses malheurs, car après l'avoir ramené chez elle, elle l'avait rapidement confié à l'homme qui était devenu son mari. Mais pourquoi l'avait-elle épousé, alors qu'elle était si amoureuse de Fidel ?

Peu de temps après qu'elle eut quitté Hanoï, son héros de Cuba rendit visite à ses camarades nord-vietnamiens. Depuis Paris, elle fut heureuse d'apprendre qu'il avait choisi la maison d'hôtes où elle avait séjourné comme emplacement pour bâtir l'hôtel Victoria, symbole de l'amitié vietnamo-cubaine. "Imagine-toi un ensemble architectural en forme de fleur de lotus stylisée surplombant le lac de l'Ouest !" C'est ce qu'il lui écrivit sur une carte postale depuis l'hôtel gouvernemental, probablement lors d'une nuit blanche due au décalage horaire. Mais ce fut aussi la dernière fois qu'elle fut heureuse car par la suite, il ne répondrait plus aux télégrammes qu'elle lui rédigeait dans un espagnol charmant, ne l'appellerait plus par surprise en plein milieu de la nuit juste pour lui dire : "Ma petite chérie, rejoins La Havane le plus tôt possible, mais sois à bord d'un avion soviétique !" Son héros de Cuba avait désormais une nouvelle passion.

La conférence de Paris ayant pris fin, les États-Unis tôt ou tard perdraient tout le Sud-Est asiatique. Selon Fidel, il fallait maintenant porter un coup supplémentaire à ces impérialistes, n'importe où sur la planète. La guerre froide ne pouvait pas se terminer aussi facilement. L'Angola était divisé en deux camps, comme le Viêtnam : si l'UNITA* et le FNLA** étaient soutenus par Washington, le MPLA*** devrait donc recevoir l'aide de La Havane. Juste après sa visite à Hanoï, ou peut-être avant, il avait fini de préparer une force militaire colossale à envoyer au pays frère du Sud-Ouest de l'Afrique. Début 1975, elle était déjà présente en Angola : parfois jusqu'à 50 000 soldats permanents pour un total de 300 000 sur treize ans. Elle possédait son propre état-major et était de fait le noyau militaire du MPLA avec ses régiments d'artillerie et ses véhicules blindés, alors que les véritables forces du MPLA ne constituaient qu'une infanterie chargée des raids. En outre, Fidel avait également demandé à ses camarades soviétiques de lui fournir des avions MIG-21 et des missiles antiaériens SA-2, armes qui avaient aidé Hanoï à abattre les B-52.

Ces informations, Claire les avait trouvées sans aucun mal dans des documents officiels et confidentiels et elle y croyait : proche de Fidel depuis

* Union nationale pour l'indépendance totale de l'Angola.
** Front national de libération de l'Angola.
*** Mouvement populaire de libération de l'Angola.

vingt ans, elle connaissait sa passion antiaméricaine. Et elle n'avait que l'alcool pour noyer son chagrin. Mais à qui pouvait-elle confier V. qu'elle avait adopté récemment à Hanoï, cet enfant insomniaque, insupportable avec ses cauchemars et ses hurlements incessants ? Pouvait-elle faire confiance à cet homme qu'elle connaissait à peine mais qui s'était montré bienveillant avec l'enfant dès qu'il l'avait rencontré chez elle ? Alors que tous ses amis ne cachaient pas leur dégoût pour les comportements de V., certains l'ayant même giflé lorsqu'il recrachait un morceau de bifteck sur la table, lui seul semblait savoir le calmer, le faire manger, lui demander d'aller se coucher, de se brosser les dents au réveil, de prendre la douche le soir. Elle lui a dit de venir.

— Pas de problème. En tant que ton mari et donc son père adoptif, j'aurai le droit de m'occuper du petit pour toi, dit-il.

Elle le regarda, abasourdie.

— Ne t'inquiète pas ! Nous ferons un contrat de mariage. Nos biens et nos libertés, tout ce qui nous appartenait ne changera jamais.

Elle n'en croyait pas ses oreilles.

— Tu peux aller voir ton héros de Cuba quand tu veux. Cela ne me dérange pas.

Elle baissa la tête. Toutes ses connaissances étaient au courant de sa relation avec Fidel. Une semaine plus tard, elle signa avec cet homme l'acte de mariage à la mairie. Une autre semaine plus tard, il emménagea dans sa propriété alors qu'elle déménageait dans son appartement à Paris. V., bien sûr, n'avait pas eu le choix. Les deux ou trois premières années, elle le voyait quelques jours par an. Il était toujours insomniaque, insupportable avec ses hurlements, ses cauchemars et ses comportements violents. Elle soupirait. "Tu as commis une grave erreur", se disait-elle toute seule. Puis elle se rassurait : le choc d'avoir vu de ses propres yeux mourir sa mère, son arrivée récente, la difficulté à s'adapter au mode de vie en France, il finirait bien par se faire des amis quand son français s'améliorerait... Mais année après année, l'alcool lui faisait perdre la mémoire. Depuis longtemps, aucun journal ne lui avait commandé d'article, aucune chaîne ne l'avait envoyée en reportage, malgré toutes les guerres qui se déclaraient chaque jour dans le monde. Elle perdait peu à peu ses collègues. Puis ses amis. Sa voix rauque la trahissait au téléphone, on raccrochait ou on lui promettait de la rappeler. Victime d'un manque d'argent permanent, elle ne pouvait même pas acheter de billets de train pour revenir dans sa propriété. Lorsqu'elle avait envie d'alcool, elle devait appeler son mari et le supplier de lui envoyer quelques dizaines de francs. Un beau jour, la police la fit venir au commissariat pour l'informer que V. avait tenté d'assassiner son père adoptif. Elle avait du mal à comprendre. Il semblait s'occuper si bien de l'enfant, en lui payant des domestiques, des précepteurs de français, de mathématiques et de piano, mais aussi des médecins et des infirmières qui se déplaçaient pour le soigner. Peu de temps après, la police la fit venir de nouveau : V. avait tenté d'assassiner son père adoptif pour la seconde fois. Elle commença à s'inquiéter, mais l'alcool l'avait rendue incapable de réfléchir à quoi que ce soit.

Jusqu'au jour où l'on lui téléphona à deux heures du matin : V. avait réussi à tuer son père adoptif. Elle fondit en larmes. Elle se rappelait les jours où elle avait couru dans les rues de la capitale du Nord-Viêtnam, caméra au poing, sous les bombes des B-52, un télégramme amoureux dans la poche, tout juste arrivé de La Havane. Les plus beaux souvenirs de sa vie. Au tribunal, elle ne reconnut pas l'enfant maigrichon et hagard dont elle avait essuyé les larmes après l'avoir tiré d'une montagne de gravats et de cadavres, cette nuit funeste, il y avait près de vingt ans, dans la rue Khâm Thiên. Désormais grand et mince, il portait des lunettes rondes, les cheveux noirs mi-longs. On aurait dit que John Lennon avait réapparu. Il fuit son regard lorsque l'avocat de sa mère l'invita à s'exprimer et elle éclata en sanglots, incapable de dire un mot, un seul mot de ce qu'ils avaient préparé la veille – la veille, où elle avait composé, après le départ de l'avocat, le numéro spécial que le héros de Cuba lui avait noté sur son carnet lors de leur première rencontre pour qu'elle puisse le joindre en cas d'urgence. À l'autre bout de la ligne, on avait raccroché après lui avoir annoncé avec beaucoup d'enthousiasme :

— Le président dirige la bataille de Cuito Cuanavale, nous donnerons une nouvelle leçon aux impérialistes américains !

Après avoir fini la bouteille de Bacardi huit ans d'âge rapportée de son dernier voyage à Cuba, elle tomba et se cogna la tête contre la table. À dix heures le lendemain matin, son avocat vint pour l'accompagner au tribunal. Après avoir sonné puis frappé à la porte, personne ne venant ouvrir, il fit forcer la serrure pour la réveiller puis l'amener au tribunal.

Quelques fois, j'ai pensé demander à Bernier des informations supplémentaires, afin de savoir si V. était bien Vinh, si c'était au moment où il m'avait pénétrée sur le sol de mon appartement, ou au moment où il m'avait embrassée dans les toilettes de restaurant qu'il était en train de calculer intérieurement les composants chimiques d'un poison capable de tuer sur le coup son père adoptif. Mais j'ai fini par abandonner cette idée. J'avais probablement eu peur de m'attacher. Depuis longtemps, je m'étais habituée à vivre une existence de célibataire au sens fort du terme. Si les accès de folie de Vinh n'avaient pas eu lieu, j'aurais dû tôt ou tard trouver un moyen de rompre notre relation. Il n'est pas facile de quitter un homme charmant. Mais Vinh était plus que charmant. Sa peau était dorée, ses lèvres douces, chaque cellule de son corps pleine de volupté. Aujourd'hui encore, j'évite l'issue de secours sud de l'hôpital où il m'avait une fois entraînée depuis l'entrée principale et plaquée contre le mur. Derrière ses épaules, je voyais les lumières des ambulances qui faisaient la queue devant la morgue. C'était l'un de ces étés macabres à Paris où quelques degrés Celsius en plus avaient suffi à causer la mort de dizaines de milliers de personnes âgées, j'étais de garde presque toutes les nuits, le corps imprégné de l'odeur des désinfectants. À une heure du matin, j'étais sortie chercher à boire quand Vinh était subitement apparu, avait attaché mes bras derrière mon dos et recouvert mes yeux avec sa main. J'avais tellement eu mal que j'avais poussé un cri. Depuis sa loge, le gardien m'avait demandé si tout allait bien. J'avais repoussé Vinh et fait semblant de me promener. Quelques minutes après, il m'avait sifflée et je m'étais arrêtée. Aujourd'hui, je me demande s'il se cachait dans la morgue pour échapper aux gardiens de l'hôpital, chaque fois qu'il voulait me retrouver à l'improviste. Les cadavres ne lui faisaient pas peur. S'il était bien le V. du rapport de Bernier, cela signifie qu'à l'âge de cinq ans, il avait été retrouvé vivant entouré d'une dizaine de cadavres dont ceux de sa mère biologique et de la famille voisine. Et cela avait duré deux jours et trois nuits après un bombardement américain de Hanoï, en décembre 1972.

C'était après le Nouvel An lunaire 1973. La saison du crachin avait commencé. Mon corps depuis les cheveux jusqu'aux ongles d'orteils était souvent moite toute la journée. En marchant dans la rue, on aurait dit qu'il était possible de saisir le brouillard en tendant les bras dans l'air. Hỏa Lò était tout gris au cœur de la ville dévastée qui exhalait encore l'odeur des bombes. Lorsque je suis entrée dans la cellule d'Andreï, j'ai été frappée par son regard de chien battu. Avant de faire sa tournée des cellules, le gardien m'avait fait signe de le rejoindre dans le couloir : "Après avoir reçu une lettre de là-bas, il n'a pas touché à ses repas. Le chef a dit que sa petite amie l'avait laissé tomber !"

Sans répondre, je pris le pouls d'Andreï, appliquai du jus de curcuma sur ses blessures en voie de guérison, du permanganate de potassium sur ses boutons de gale et ses piqûres de moustique. J'avais l'impression de toucher un iceberg. Après avoir posé la cuillère en plastique entre le bol de soupe de potiron et l'assiette de nouilles bouillies, j'ai récupéré mon sac et lui ai dit au revoir d'un signe de tête. Depuis que je le soignais, je n'avais jamais été si pressée de repartir.

La rue Hai Bà Trưng était animée. Revenus probablement de la zone d'évacuation, des enfants portant des foulards rouges chantaient et tapaient sur de petits tambours en défilant le long des rangées d'arbres séculaires au jeune feuillage clairsemé. Depuis la fin du mois de janvier, Hanoï célébrait tous les jours sa victoire à la conférence de Paris.

Tête baissée, je pédalais durant un moment avant de réaliser que je m'étais trompée de direction. Je continuais à pédaler. Le regard morne d'Andreï ne m'avait pas quittée jusqu'à ce que je me retrouve face à la digue du fleuve Rouge. Des rafales de vent m'obligèrent à descendre du vélo et à le pousser tout en m'accrochant au guidon. Je suivis une petite pente sinueuse remplie de nids-de-poule, marchant sur des herbes folles pour éviter la boue. Au bout de vingt minutes, le fleuve Rouge est apparu devant moi, immense et solitaire. La morosité du fleuve sous ce crachin matinal de fin d'hiver restera à jamais dans ma mémoire. La digue était glissante et couverte de flaques d'eau mais à force de chercher, j'ai trouvé un endroit suffisamment ferme pour y poser mon vélo et m'asseoir. Je me suis demandé d'où pouvait provenir ce vent, aussi furieux que glacial. Il me fouettait le visage et les cheveux de minuscules gouttes d'eau, défaisait les boutons de mon imperméable et soufflait sur mon corps, me soulevant presque de terre. Le regard morne d'Andreï ne me quittait pas. Je ne savais pas encore ce qu'était l'amour mais je devinais que lui seul pouvait rendre si malheureux. Selon le dossier d'Andreï, il avait une fiancée. J'avais vu aussi le portrait de cette jeune femme sur son porte-clés que la direction de Hỏa Lò conservait avec les autres effets du prisonnier. Une belle et douce jeune femme blonde apparemment nommée Lisa. Je dis "apparemment" parce que je ne m'en souviens plus, ou peut-être voulais-je l'appeler du nom de l'épouse d'Andreï Bolkonsky dans *Guerre et Paix*. D'après les déclarations d'Andreï, ils s'étaient fiancés un mois avant son départ au Viêtnam. Lisa était une camarade de lycée qu'il avait retrouvée par hasard, après l'avoir perdue de vue durant plusieurs années. Tombé aussitôt amoureux, il était parvenu à la convaincre qu'il survivrait à la guerre et que leur mariage serait célébré le dimanche qui suivrait son retour, quelques jours avant Noël. Ils avaient sans doute contacté l'église, réservé un hôtel, commandé un buffet, imprimé les faire-part, choisi les costumes, les alliances et même la couleur des fleurs. Ils avaient probablement payé un voyage pour une semaine de lune de miel, à Hawaï, entre eau turquoise, sable blanc et soleil radieux. Chaque jour, les B-52 larguaient des centaines de tonnes de bombes sur le Nord-Viêtnam, mais de l'autre côté du Pacifique, les Américains organisaient toujours les plus belles noces et restaient à jamais les plus romantiques de la planète.

Alors que le vent soufflait le long de la digue du fleuve Rouge, charriant l'odeur boueuse des alluvions, j'ai pensé aux pleurs nocturnes d'Andreï, à ses larmes d'impuissance et d'amertume, celles de quelqu'un qui voyait les événements importants de sa vie anéantis à cause d'un pays lointain. La nouvelle que la jeune femme qui était censée s'unir à lui devant l'autel allait peut-être s'unir à un autre homme, devant un autre autel, avait achevé de l'abattre. Cette nuit-là, il laissa libre cours à ses larmes, des larmes plus amères, plus impuissantes encore. Et la raison en était toujours ce pays lointain qui n'avait aucun lien avec sa vie. Lisa avait dû apercevoir sa photo dans un journal. Un squelette en pyjama rayé et au crâne rasé, le menton enveloppé de bandages, les lèvres éclatées, les dents brisées. Elle ne l'avait pas reconnu tout de suite. Quelques semaines auparavant, on lui avait appris que son fiancé était emprisonné, tout en la rassurant comme les autres femmes de captifs : les États-Unis feraient le nécessaire pour ramener ces braves jeunes hommes vivants et en bonne santé. Puis le nom d'Andreï Bolkonsky avait attiré son attention. Elle avait probablement saisi le journal, parcouru l'article, regardé longtemps son visage, s'arrêtant sur ses yeux. Elle avait dû s'effondrer. Toutes ces sensations, je les ai ressenties vingt ans plus tard, en lisant le nom d'Andreï Bolkonsky dans *Rousskaïa Mysl*, le journal de la diaspora russe. À la seule différence que surprise, je m'étais rappelée ces jours misérables. Lisa, sous le choc, n'a pas osé repenser à leurs jours heureux. Bientôt un autre homme est apparu, un autre coup de foudre est survenu et un autre mariage était planifié. Ils avaient dû contacter l'église, réserver un hôtel, commander le buffet, imprimer les faire-part, choisir les costumes, les alliances et même la couleur des fleurs. Ils avaient probablement payé un séjour à forfait à Clearwater Beach, Cannon Beach ou Laguna Beach… l'une des centaines de plages des États-Unis où l'on vous propose une semaine de lune de miel entre eau turquoise, sable blanc et soleil radieux. Lisa a écrit une lettre à Andreï, elle lui a demandé pardon en espérant qu'il trouverait une nouvelle élue. Bien que nés dans des contextes différents, le romantisme pragmatique des Américains semble avoir un point commun avec le pragmatisme romantique des Vietnamiens : l'être humain doit se marier et le mariage doit être un événement majeur de la vie. Sous les pluies de bombes, avec des repas composés de vieux liserons d'eau et de riz pourri, et une médecine qui économisait chaque goutte de plasma, ma mère pouvait encore se sentir amère pour une chose aussi absurde que le mariage – le mien et, je le soupçonnais, le sien. Le mariage, qu'il fût poétique aux yeux d'Andreï ou profitable selon les calculs de ma mère, devait représenter la joie absolue de cette triste existence. Pour moi, c'est probablement le contraire. À vingt-cinq ans, je ne me voyais pas être en couple avec qui que ce soit. Chercher à se faire souffrir à tout prix ? La vie n'était-elle pas assez décevante pour chacun d'entre nous ? Ces questions avaient peut-être germé en moi depuis longtemps, depuis que j'étais partie faire mes études en Russie, ou même plus tôt, dans mon enfance, depuis que j'avais compris que ma mère était calculatrice et infidèle, mon père égoïste et veule, ma grand-mère malheureuse et haineuse, l'amant de ma mère avide et impudent, que mon frère n'était pas le fils de mon père et qu'ils étaient tous liés les uns aux autres, pour se faire souffrir quotidiennement. C'est sans doute pour cela que j'avais douté du bonheur ressenti auprès d'Andreï lorsque nous étions dans l'abri antiaérien, lorsque sa main avait cherché la mienne, que ses lèvres avaient effleuré mes cheveux. Pas de romantisme ni d'espoir dans l'attachement : c'était sûrement là mon destin et j'en avais conscience, par ce crachin matinal, assise près d'un buisson de roseaux pourpres, dans le bruit lointain des chalands, sous le ciel sans l'ombre d'un avion, au bord du fleuve Rouge qui s'écoulait obstinément. Depuis janvier 1973, Hanoï ne connaissait plus de bombardements. J'avais l'impression que ce calme m'avait fait mûrir.

Dix ans plus tard, toujours à Hanoï, cette matinée de fin d'hiver m'est revenue, comme imprimée dans ma mémoire. Et j'ai secoué la tête, impassible, quand Nicolas m'a dit que nous devions officialiser notre relation avant la fin de son mandat. Il m'a regardée, les yeux écarquillés de surprise. Il ne pouvait imaginer qu'il existât une femme asiatique qui refusait le mariage, qui ne veuille pas aller vivre en France. Il croyait que seules les femmes occidentales préféraient le célibat et le divorce. Il avait contacté son avocat pour les formalités au tribunal. Plus exactement, il avait accepté toutes les pensions demandées par sa femme.

— Nourrice, chef cuisinier, chauffeur, vacances en France quatre fois par an, le tout à mes frais, et elle se plaint de soumission et dépendance !

Nicolas disait cela sans savoir que c'était notre dernière rencontre. Quelques semaines auparavant, sa visite-surprise un 24 décembre avec des roses et des chocolats avait été pour mes parents celle du père Noël, puis ils avaient écarquillé les yeux en apprenant que j'avais refusé sa demande en mariage. Tout comme ils ont été les seuls à regretter mon précédent petit ami dix ans auparavant, alors qu'il venait de me larguer : mon père, durant les mois qui ont suivi, a conservé la mine de beau-père-tête-à-claques. Ma mère se montrait sereine, mais je savais qu'elle était encore plus amère que mon père : non parce que sa fille n'avait plus d'espoir de trouver un mari, mais parce qu'elle-même perdait la chance d'avoir un gendre français. Ce coup lui était d'autant plus dur qu'avec le temps, une chose devenait sûre : elle ne pouvait rien attendre de mon frère. C'est aussi avec amertume qu'elle pensait à son mariage, surtout depuis sa retraite, lorsqu'elle dut passer vingt-quatre heures sur vingt-quatre sous le même toit que mon père. Son statut de fils unique et son diplôme de chirurgien de la Faculté de médecine de l'Indochine ne lui avaient finalement causé que des ennuis, non seulement dans la vie mais aussi pour sa carrière. Pour se venger de son sort, elle s'était mise à vivre une vie de célibataire, faisant construire de nouvelles salle de bains et cuisine à l'étage, à côté de sa chambre, et placer une porte au pied de l'escalier qu'elle fermait toujours à clé. Elle avait aussi coupé les ponts avec son amant qui, depuis sa retraite, ne pouvait plus se déplacer en Volga et passait ses journées à regarder la rue, adossé à une chaise en rotin, comme tous les vieux de cette ville. Sa villa était suffisamment vaste pour que sa chambre ait une cuisine et une salle de bains indépendante, mais il ne sautait pas le pas et n'imaginait pas vivre en célibataire comme le faisait ma mère. Elle regretta d'avoir été sa maîtresse : sa jeunesse, son innocence et un enfant illégitime étaient trop cher payé pour ce qu'il avait fait pour elle.

À cette époque, ma famille, c'étaient trois personnes qui vivaient trois vies de célibataires. Ma mère occupait l'étage supérieur avec tout ce qu'elle s'était fait aménager. Sa pension de retraite et ses tickets de rationnement réservés aux cadres supérieurs du Parti lui permettaient d'avoir trois repas par jour, plus élaborés que ceux de la plupart des Vietnamiens de l'époque. Mon père restait principalement au salon, dormait sur l'ancienne banquette de ma grand-mère paternelle, utilisait les anciennes cuisine et salle de bains de la maison, faisait la queue les dimanches matin pour acheter des denrées aux magasins d'État et retrouvait la joie de ses mains d'ancien chirurgien en vidant et coupant des poissons à la fontaine publique, avant de les faire mijoter dans une marmite pour la semaine. Quant à moi, je passais la journée à l'hôpital et déjeunais à la cantine ; le soir, rentrée à la maison et assise sur mon lit, je grignotais du pain et buvais de l'eau, révisant mes cours de français.

J'avais rencontré Nicolas à l'hôpital où je travaillais lorsqu'il était venu le visiter en tant que représentant de l'ambassade de France. J'avais été désignée pour le recevoir car personne ne parlait de langue étrangère à la direction, où tout le monde pensait que le monde entier était russophone. Nous avions donc conversé en russe, ou plutôt je parlais et lui hochait ou secouait la tête. Du russe, son vocabulaire comprenait les dix premiers chiffres et une vingtaine de mots dont *"da"* et *"niet"*, comme celui de la plupart des intellectuels occidentaux de gauche dans les années 1970. À notre rencontre suivante, nous échangions en français, ou plutôt, il parlait et je l'écoutais. Du français, je savais compter de un à cinquante et connaissais environ deux cents mots, comme tous les Vietnamiens qui préparaient le niveau A du diplôme de Français langue étrangère. À la troisième rencontre, c'était toujours lui qui parlait et moi qui l'écoutais, même si j'étais sur le point de passer le niveau B du diplôme. Il m'a alors proposé des séances de pratique de l'oral et c'est ce que nous faisions activement, au lit, dans une chambre d'hôtel, lorsque sa femme rentrait en France pour aller au concert et faire du shopping. Il était diplomate mais aussi pédagogue, probablement en raison des nombreuses séances de pratique de l'oral proposées dans des hôtels, aux femmes des pays où il avait été envoyé pour représenter la France. À la fin de son mandat à Hanoï, mon français était suffisant pour passer le niveau C du diplôme. Il m'a dit que j'étais douée, je lui ai répondu que c'était grâce à sa connaissance du russe. Il m'a dit que les diplomates étaient mauvais en langues étrangères car ils passaient trop de temps à chercher la destination de leur mandat suivant. Il s'est avéré que nous avions habité Leningrad en même temps. Il était employé du consulat français et j'étais étudiante de la faculté de médecine. Alors que je bossais comme une malade, surtout pour passer les examens de philosophie marxiste-léniniste et d'histoire du Parti communiste de l'Union soviétique, lui déjà à l'époque se plongeait dans la carte du monde du ministère des Affaires étrangères pour savoir dans quel pays les diplomates français touchaient une prime de risque : la Corée du Nord, l'Indonésie, l'Afghanistan ou le Brésil ? Comme ces quatre pays avaient été demandés par quarante autres collègues, il avait dû rentrer en France. Là, après avoir passé quelques années au rythme "métro-boulot-dodo" comme la plupart des Parisiens, il avait décidé de se plonger de nouveau dans la carte du monde du ministère des Affaires étrangères. Cette fois, il avait porté son attention sur l'ancienne Indochine française et eu une belle surprise : depuis que la mission française avait été touchée par une bombe américaine en octobre 1972, le Quai d'Orsay avait classé Hanoï en zone dangereuse et les diplomates envoyés sur place touchaient la prime de risque la plus élevée du Ministère. Nicolas avait exactement le même âge que mon père. Ayant représenté la France pendant quarante ans dans des zones dites dangereuses et tout prévu pour une retraite dorée, il ne comptait pas mener une vie de célibataire après son divorce : il avait besoin d'une femme pour s'occuper de sa santé et de son moral. Il se souvenait encore du jour de sa visite-surprise à ma famille : ma mère, en tunique traditionnelle, surexcitée, avait renversé son thé sur la table et mon père, ensemble veste et cravate, ému, oubliait tout son français. Les deux le regardaient comme des enfants auraient regardé le père Noël. Nicolas réalisa ce jour-là combien il portait bien son prénom. Quelques semaines après, il m'a demandée en mariage, je lui ai répondu : "Non, je suis désolée." J'ai voulu m'expliquer mais je n'ai pas trouvé les mots. En effet, il n'était pas nécessaire d'en dire davantage. En France, le mouvement féministe battait son plein, et les hommes portaient un regard amer sur le fait que la société moderne offrait aux femmes la possibilité de tout avoir : des ressources indépendantes, des amants, des moyens de contraception, le droit d'avorter, des services d'avocat gratuits et la protection de la loi en toutes circonstances. 99 % des femmes interrogées affirmaient que l'homme idéal devait avoir la peau bronzée et des abdominaux 6-pack, être un tigre au lit et un gentilhomme en société tout en les traitant en princesses, et que si elles ne le trouvaient pas, elles feraient tout aussi bien sans eux.

Je ne savais pas si avant d'être jeté dans la plus grande prison du Nord-Viêtnam, Andreï avait pu remplir tous ces critères de l'homme idéal. Durant ces premiers mois de l'année 1973, je ne voyais qu'une chose, combien la nouvelle que sa fiancée s'apprêtait à épouser un autre homme l'avait anéanti. Chaque matin, comme d'habitude, dans sa cellule à Hỏa Lò, je prenais son pouls et écoutais son cœur, appliquais du jus de curcuma sur ses blessures et du permanganate de potassium sur ses boutons de gale ainsi que ses piqûres de moustique. Après avoir posé la cuillère en plastique entre le bol de soupe au potiron et l'assiette de nouilles bouillies, je lui disais au revoir et m'en allais. Ses déceptions amoureuses me faisaient peur. Si j'avais quelque capacité à m'occuper de la santé des patients, je n'étais pas compétente pour guérir un cœur blessé. À la sortie de Hỏa Lò, je pédalais vers le fleuve Rouge, suivant cette petite pente qui menait jusqu'à la digue. Je ne m'arrêtais pas pour m'asseoir, mais continuais de m'élancer dans une direction au hasard. Un jour, je suis tombée sur un petit village d'artisans vivant sur des radeaux. Ils confectionnaient des articles en vannerie, surtout des lanternes pour la fête de la mi-automne : ils faisaient tremper le rotin dans l'eau du fleuve pour l'attendrir, puis le défibraient et le tressaient en plusieurs formes différentes, souvent de poissons, de dragons, de phénix et d'autres animaux de la culture traditionnelle. Une autre fois, j'ai pédalé je ne sais combien de temps dans la direction opposée, avant d'atteindre un endroit où le fleuve était calme. Les rayons du soleil laissaient voir, au fond de l'eau, des couches de boue épaisse et toute rouge, probablement des alluvions charriées par des affluents. J'y suis restée quelques heures sans rien faire, avant de remonter sur mon vélo et revenir à mon travail à l'hôpital. La mélancolie d'Andreï dura presque tout cet hiver-là et j'ai tant pédalé le long de cette digue qu'une patrouille me prit un jour pour une espionne et me demanda mes papiers.

Puis s'est produit un événement qui nous a réveillés tous les deux, ou au moins a aidé Andreï à revenir à la normale. Ce matin-là, à peine avais-je franchi le portail de Hỏa Lò que le gardien m'avait dit de venir voir le sous-directeur sans perdre une minute. Là, je me suis vu confier une blouse médicale presque neuve et un stéthoscope dont la boîte aussi était neuve mais qui, inutilisé depuis longtemps, avait commencé à rouiller.

— Dans quinze minutes, un journaliste de *L'Humanité* viendra faire un papier sur les prisonniers américains à Hỏa Lò. Nous allons saisir cette occasion pour montrer au monde entier notre générosité. Soyez prête, camarade, à être photographiée en train de vous occuper d'Andreï !

Surprise, je me suis précipitée vers la cellule. Une fois le gardien sorti, j'ai chuchoté à Andreï :

— Cher prince, faites-vous beau pour la presse française !

Je dus le répéter deux fois pour que le squelette en pyjama à rayures réagisse. Je lavai son visage ébréché avec de l'eau de la fontaine publique, coiffai ses cheveux clairsemés avec mon propre peigne. Je brossai son pantalon, arrangeai son col et ses manches. Je lui ordonnai de faire un beau sourire en lui disant qu'il était encore jeune, qu'il avait encore la vie devant lui, que la guerre allait prendre fin, que les prisonniers seraient bientôt libérés. Je le taquinai en répétant "Une de perdue, dix de retrouvées".

La cellule avait été désinfectée du sol au plafond avant mon arrivée. L'eau de chaux avait masqué l'odeur d'urine. Le gardien avait emporté les affaires sales d'Andreï. Revenu avec un matelas mince mais neuf, une couverture et une moustiquaire encore intactes, il les a étalés sur la couchette bétonnée. Puis en attendant la visite du reporter, au moyen d'une échelle, il a remplacé l'ancienne ampoule qui clignotait depuis de nombreux jours par une autre, plus douce pour les yeux. Lorsque la cellule fut devenue propre, plus propre même que les chambres des hôpitaux du Nord-Viêtnam à l'époque, je n'en revins pas : un cuisinier de Hỏa Lò vint déposer solennellement sur la petite table un plateau en plastique sur lequel se trouvaient un verre de lait et quelques tranches de pain pour lui, une théière de thé au jasmin et quelques bonbons aux cacahuètes pour moi. Assis chacun sur une chaise, nous avons grignoté environ trente minutes, en silence, pendant que le gardien faisait avec impatience des allers-retours devant la porte. Quand il revint soudain en courant, je n'en crus pas mes yeux : un homme en chaussures de cuir et uniforme flambant neuf avec, dans la poche de poitrine, un stylo-plume *made in China*, se trouvait devant nous. Mais le plus chic était la montre soviétique Poljot qu'il portait au poignet, probablement prêtée par le directeur de Hỏa Lò lui-même. Nous avons attendu ainsi près d'une demi-heure avant de voir passer à grand bruit toute une équipe : le sous-directeur, quelques employés en uniforme jaune de la police et, au milieu, un Européen de taille moyenne qui devait être le journaliste de *L'Humanité* avec sur le ventre un appareil photo Zenit un peu plus grand que celui que j'avais acheté autrefois à Leningrad. Sans s'arrêter devant la cellule d'Andreï, ils sont allés droit vers la salle commémorative de Hỏa Lò : une cellule à une dizaine de mètres de là, où avait été détenu un haut dirigeant du Parti communiste vietnamien du temps de la guerre d'Indochine, cellule qui avait été conservée en l'état. Je l'avais visitée dès mon premier jour de travail, sous le regard fier du directeur. C'était probablement la cellule la plus agréable d'ici, grâce à sa large fenêtre donnant sur la cour. Le directeur m'avait expliqué que toutes les autres fenêtres du bâtiment étaient à l'origine de cette dimension, mais qu'elles avaient été condamnées après la reprise de la prison aux colons français, pour éviter les évasions.

À l'approche de midi, tandis que j'étais sur le point de partir, toute l'équipe a surgi à la porte de la cellule. Seul l'homme blanc y est entré. Depuis le couloir, le sous-directeur m'a dit que je devrais parler en russe avec le journaliste car l'interprète francophone était malheureusement occupé avec une autre équipe. "Depuis la conférence de Paris, les médias français s'intéressent particulièrement à Hanoï", a-t-il ajouté d'une voix fière. Saisie d'un sentiment d'insécurité, je n'eus pas d'autre choix que de hocher la tête. Après m'avoir proposé de ne pas faire attention à lui et d'"être naturelle", le journaliste a commencé à nous prendre en photo sous tous les angles. Dans la lumière du flash de l'appareil, je croyais voir un sourire sur les lèvres éclatées d'Andreï, un sourire pincé, probablement pour dissimuler ses dents cassées. Après avoir chargé une nouvelle pellicule, le journaliste nous a suggéré de tout recommencer, "pour être sûr". Cette fois, il avait l'air plus inspiré, peut-être parce qu'Andreï et moi étions moins stressés : j'oubliais presque le stéthoscope rouillé et lui – son pyjama rayé. Mitraillant, le journaliste ne cessait de répéter *"spassibo* !"*. Son russe était drôle. Je me tournais par moments vers Andreï. Les éclairs du flash rendaient son sourire encore plus pincé et cela me donnait mal au cœur. Tout à coup, le journaliste m'a fixée dans les yeux et m'a demandé si mon patient et moi avions essayé de converser. Andreï a fait un grand sourire cette fois, en me regardant. Abasourdie, je me suis détournée vers le couloir : le gardien et le sous-directeur luttaient contre la sieste de midi pendant que les autres employés chuchotaient, et je me suis sentie un peu soulagée en les

* "Merci" en russe.

entendant : "Notre docteur maîtrise mieux les langues étrangères que l'officier américain." Sans répondre à la question posée par le journaliste, j'ai baissé la tête et rangé le stéthoscope dans sa boîte. Après un moment de silence, il a dit à Andreï qu'il aimerait bien avoir l'occasion d'écouter du russe parlé avec l'accent américain, et qu'il serait impossible pour Tolstoï de s'imaginer son personnage dans une telle situation. Puis il s'est tourné vers moi et m'a dit que Saint-Pétersbourg était une très belle ville, qu'il n'avait jamais mis les pieds à la faculté de médecine mais qu'il connaissait par cœur la section théâtre et cinéma où sa femme avait été étudiante pendant cinq ans. Alors, j'ai deviné qu'avant de venir dans la cellule, il avait parcouru le dossier d'Andreï et avait remarqué son nom typiquement russe. Il avait également parcouru mon dossier et avait noté que j'avais fait mes études à Leningrad. Quelques minutes plus tard, en nous observant, il fut de plus en plus sûr que notre relation allait au-delà du simple rapport entre médecin et patient. Peut-être lecteur de Tolstoï, il devait apprécier que ce prisonnier portât le nom d'un personnage que j'aimais tant. Dans sa tête se formait rapidement l'idée principale de son prochain article : la littérature a lié deux destins que tout oppose, et dans un endroit inimaginable – Hanoi Hilton Hotel, la plus grande prison de la capitale du Nord-Viêtnam.

À cette période, de nombreux Français se tournaient vers l'Indochine et attendaient des nouvelles de leur ancienne colonie. Cherchant un moyen radical d'exploiter la force des médias internationaux, Hanoï n'hésitait pas à délivrer des visas à tous les journalistes et reporters étrangers, et le grand quotidien communiste *L'Humanité* n'avait plus l'exclusivité sur les actualités de la république démocratique du Viêt-nam. Peut-être lui fallait-il, pour garder la faveur du public, inventer carrément une histoire d'amour ? Un gros titre sensationnel qui attirerait les masses et serait utile pour la vente : "La langue russe : le secret de l'amour !", "Amours interdites au temps de la guerre froide", "*Guerre et Paix* version vietnamienne", ou quelque chose dans le genre. Mais il laissa tomber l'idée : ayant vécu en Union soviétique, le journaliste savait que ce genre d'histoire pouvait nuire aux protagonistes. Il se dit que *L'Humanité* n'était pas un tabloïd, et la mission d'un article de presse quel que soit son point de vue politique n'était pas d'apporter son aide aux services secrets. Me regardant droit dans les yeux, il me parlait de Leningrad, du palais d'Été aussi beau que le château de Versailles et de la *solianka* aussi délicieuse que la bouillabaisse. Andreï m'a regardée avec attention, il ne savait pas que j'avais vécu six années dans la ville qu'il ne connaissait qu'à travers l'œuvre de Tolstoï. Je savais bien qu'il ne pouvait imaginer cette ville telle qu'elle était aujourd'hui, sous un régime communiste. J'avais moi-même, alors que j'y vivais, eu beaucoup de mal à me représenter ce pays avant la révolution d'Octobre. Le journaliste continuait à nous raconter ses souvenirs de Leningrad. J'ai remarqué que ses yeux pétillaient lorsqu'il prononçait les trois mots "ma ville héros*". Par contre, chaque fois qu'Andreï voulait intervenir, je manquais de faire un arrêt cardiaque. Heureusement,

* Ville héros est un titre honorifique accordé aux villes d'Union soviétique dont les habitants ont héroïquement défendu leur patrie au cours de la Seconde Guerre mondiale.

il s'abstenait juste à temps et le journaliste nous faisait alors un clin d'œil.

Quelques semaines plus tard, après avoir reçu l'article de *L'Humanité*, la direction de Hỏa Lò l'a fait encadrer et accrocher immédiatement dans la salle de réception. J'avais l'impression qu'ils étaient rassurés, bien qu'ils ne puissent pas le lire, par la mise en page et la qualité de papier du quotidien du Parti communiste français, similaires à celles de notre quotidien *Le Peuple*. Sur la photo au format 10 × 15 : en blouse blanche et pantalon noir, le stéthoscope autour du cou, j'arborais un regard légèrement inquiet. Assis à côté de moi, Andreï avait l'air épuisé dans son pyjama rayé de prisonnier, un sourire pincé sur ses lèvres ébréchées. Je lui ai dit que cet article pourrait donner à ses proches un semblant de nouvelles. Il a hoché la tête : "J'aimerais bien qu'il transmette mes félicitations à Lisa pour son grand jour." À ce moment, j'ai réalisé que le regard attentif qu'il m'avait adressé n'avait pas pour origine sa fascination pour Leningrad ou pour ma personne, mais sa passion pour sa fiancée. J'en ai déduit également que les sourires pincés d'Andreï qui déréglaient mon cœur étaient en fait pour elle. Cette découverte m'a-t-elle déçue ? Je ne saurais le dire. Depuis longtemps je n'espérais plus rien de grandiose de la vie. Pour Andreï, cela semblait être le contraire : depuis quelque temps, dès le départ du gardien, il me demandait à voix basse les dernières actualités, tout ce que j'avais pu lire dans la presse officielle. Je ne lui en faisais que des résumés, mais Andreï les écoutait avec la plus grande attention, me demandant parfois de répéter pour être sûr, le russe n'étant pas plus sa langue maternelle que la mienne. Peu importe qui gagnerait et qui perdrait, plus vite la guerre serait terminée, plus tôt viendrait son retour. Être convoqué chez le superviseur n'était plus un cauchemar pour lui. Les gros titres du quotidien *Le Peuple* qui annonçaient "la glorieuse victoire de notre armée et de notre peuple", traduits spécialement en anglais pour les prisonniers américains, ne le mettaient plus en colère. La soupe de potiron et les nouilles bouillies devenaient probablement de plus en plus faciles à avaler. Il commençait à avoir bonne mine. Ses blessures cicatrisaient peu à peu. Depuis la visite du journaliste de *L'Humanité*, il ne devait plus servir de sac de frappe aux boxeurs de Hỏa Lò. Après son succès à la conférence de paix de Paris, Hanoï trouvait probablement que nourrir les prisonniers américains n'était qu'un gaspillage. Quelque temps après mon arrivée en France, j'eus envie de lire cet article, pour voir comment la relation entre Andreï et moi était décrite sous la plume de ce journaliste, si elle était devenue une romance permettant à *L'Humanité* de vendre quelques milliers d'exemplaires de plus. Un après-midi à la bibliothèque, je découvris nombre d'œuvres littéraires d'auteurs étrangers, toutes narrant un amour passionné entre une infirmière ou une doctoresse vietnamienne et un officier français ou américain au milieu d'une jungle Dieu seul sait pour quelle raison, toutes situées dans le centre de ce pays en forme de S. Je m'en suis voulu après coup d'avoir tenté de lire quelques pages de ces succès de librairie : ils ne faisaient que me rappeler la littérature de propagande que je croyais avoir quittée pour toujours en même temps que Hanoï.

Ce jour-là, face à moi se trouvait une jeune patiente d'origine asiatique : alors que son visage était immobile, ses yeux grands ouverts, sa chevelure et son front baignés de sueur, son ventre palpitait sous le drap blanc et un liquide rosâtre s'écoulait autour de ses mollets couverts de cicatrices. Assis à ses côtés, un homme maghrébin d'une soixantaine d'années, grand, aux cheveux poivre et sel et au regard fatigué, s'est présenté comme le mari de la patiente. Ismail m'a dit d'un ton suppliant :

— Docteur, pourriez-vous, s'il vous plaît, expliquer à Hương que tout ira bien !

Il a prononcé le prénom "Hương" avec une étonnante exactitude. Une fois assise, j'ai saisi la main droite de la jeune femme, une main rugueuse avec un pouce manquant. Les quatre doigts restants étaient recroquevillés et je doutais qu'ils puissent se déplier. Dix minutes auparavant, alors que j'enlevais ma blouse et m'apprêtais à quitter l'hôpital, mon assistante avait frappé à la porte : le service d'obstétrique souhaitait que je vienne en urgence. C'était un cas particulier, sans rapport avec ma spécialité. Prenant un raccourci, quelques minutes m'ont suffi pour parvenir à la chambre. Il semblait impossible de discuter avec la patiente. J'avais le sentiment qu'elle était sourde, peut-être même muette. Comme s'il pouvait lire dans mes pensées, Ismail m'a dit :

— Hương ne peut pas parler mais elle comprend. S'il vous plaît, docteur, dites-lui quelques mots pour l'encourager !

Je caressais doucement la main très abîmée par une brûlure qui avait laissé de nombreuses autres séquelles sur son corps. À ce moment-là, la directrice adjointe du service d'obstétrique est entrée. J'avais auparavant croisé cette grande spécialiste lors des réunions de l'hôpital. Les lèvres pincées, elle observait la patiente tout en examinant les résultats de l'analyse de sang et de l'échographie. Un instant plus tard, elle m'a fait signe d'aller dans la pièce voisine pour s'entretenir avec moi.

— La position du fœtus est anormale, il y a un risque de rupture prématurée des membranes. Si nous ne parvenons pas à endiguer ce risque dans l'heure qui vient, nous devrons sacrifier le bébé pour sauver la mère !

Je restai muette, car je l'avais deviné. Ma consœur a ajouté :

— Mais pour cela, nous avons besoin de l'accord de la patiente !

J'ai hoché la tête : ils voulaient que j'explique la chose en vietnamien à ma compatriote et le plus vite possible. Je supposais qu'Ismail avait essayé d'en informer sa femme avant mon arrivée et que peut-être elle l'avait accepté mais qu'en raison de la barrière de la langue, cela n'avait pas été considéré comme valable par le corps médical. Je suis revenue dans la chambre. Une fois assise à côté de son lit, j'ai de nouveau pris la main à quatre doigts dans la mienne. Sa peau rugueuse me donnait l'impression de toucher du plastique. J'ai prononcé son nom avant de lui demander depuis combien de temps elle avait quitté le Viêtnam, si son pays lui manquait, si elle rendait parfois visite à sa famille… La pièce était si calme que j'entendais le ronronnement du climatiseur, mais les mots que je m'efforçais de prononcer avec clarté pour la préparer à cette épreuve, j'avais l'impression de les projeter dans les airs. Le visage immobile, les yeux grands ouverts, elle fixait le plafond pendant que le liquide rosâtre continuait de s'écouler autour de ses mollets, formant de petites flaques à la surface du matelas. Ismail regardait nerveusement dans notre direction, en consultant continuellement sa montre. Soudain, il voulut me parler en tête à tête.

— Ce sera très bref, a-t-il murmuré, mais vous devez en savoir un peu plus sur Hương. Nous reviendrons la voir tout de suite après !

J'ai accepté et l'ai suivi dans le couloir.

Ismail était marocain. Quand il était jeune, sa famille l'avait envoyé étudier à Paris. Au début, en Mai 68, il s'était beaucoup amusé avec ses amis à mettre la pagaille. Il avait fini par se lasser et s'était mis à la recherche de choses plus amusantes. Ses pérégrinations l'avaient amené jusqu'à New York, où il avait partagé la vie des sans-abris à Times Square. Il s'était contenté, pourtant, de regarder les manifestations anti-guerre menées par la jeunesse américaine, refusant catégoriquement de prendre part à ce jeu auquel il avait joué jusqu'à l'écœurement lors de ses années en France. Une nuit, une patrouille de police l'avait surpris couché sur le trottoir, lassé de tous ces amusements, sans un sou en poche pour s'offrir un peu de cannabis. Avec son visa expiré, ses vêtements sales et son mauvais anglais, il fut jeté dans un centre de détention où il encaissa les coups des voyous locaux. Un matin, le directeur du centre le fit venir dans son bureau et lui proposa "un truc super sensas'". Ismail ne répondit pas. Le directeur lui lança un paquet de Ghost Train Haze* tout en lui ordonnant de retourner dans sa cellule pour y réfléchir :

— Si tu veux essayer, dis au gardien de te ramener ici.

Le paquet consommé, il appela le gardien pour lui demander s'il connaissait le *truc* dont le directeur lui avait parlé la veille. Le gardien hocha la tête :

— Ce truc, c'est la classe ! Tu peux avoir le statut d'officier, le salaire qui va avec et la citoyenneté américaine.

Ismail ne répondit rien mais il devina vaguement de quoi il s'agissait. Le gardien ajouta que beaucoup de joueurs venaient de partout pour y participer, si bien qu'il n'y aurait bientôt plus de place. Ismail restait silencieux : sa religion ne lui permettait pas de tirer sur des civils, dans quelque pays que ce soit. Après lui avoir lancé un paquet de Girl Scout Cookies, le gardien lui dit de retourner dans son lit pour y réfléchir :

— Si tu veux essayer, tu n'as qu'à frapper trois coups à la porte, pas la peine d'aller voir le directeur.

Le paquet terminé, Ismail accepta de devenir mitrailleur de B-52, mais à la condition de ne tirer sur des civils d'aucun pays. Le gardien lui tapota l'épaule :

— Rassure-toi ! La superforteresse volante ne vise que des bases militaires ennemies !

Le lendemain, Ismail était envoyé dans un cours d'entraînement pour perfectionner son anglais et apprendre

* Cannabis très puissant qui donne un effet psychoactif réellement stupéfiant.

à utiliser les armes de base. Début décembre 1972, après avoir obtenu la nationalité américaine et le titre de sous-lieutenant de l'armée de l'air américaine, il fut transporté à la base aérienne d'Andersen et choqué d'y voir une masse de B-52 sous le soleil brûlant de l'île de Guam. "Des dinosaures géants !" s'exclamait l'un de ses camarades, jeune sous-lieutenant et tireur comme lui. À ce moment-là, Ismail eut soudain envie d'une bouffée de cannabis, comme toutes les fois où il voulait oublier les soucis du monde. Le lendemain, le stage intensif commença. Il se rendit vite compte que dans l'équipage de ce B-52D, il était le seul "joueur" et le seul non-américain. Les cinq autres membres – le pilote, le copilote, les deux navigateurs et l'ingénieur électronique – étaient tous diplômés d'écoles supérieures d'officiers américaines et avaient déjà l'expérience du combat en B-52. "Aucun problème, Ismail, nous sommes prêts à te former !" déclarèrent-ils à l'unisson en lui serrant la main. Après une semaine d'entraînement, comme il mélangeait toujours l'anglais, le français et l'arabe et qu'il était incapable de distinguer les avions de combat ennemis, le capitaine et le copilote décidèrent de lui apprendre uniquement à ajuster les coordonnées et à appuyer sur le bouton de largage de bombes. Ainsi, durant les dix jours précédant *Linebacker II*, assis à l'arrière du bombardier stratégique, sur les ordres du navigateur et de l'ingénieur électronique, Ismail n'effectua que ces deux gestes de base.

— Aucune différence avec des enfants qui joueraient à des jeux vidéos aujourd'hui, docteur ! a dit Ismail sans me regarder. Le couloir était calme. Derrière les baies vitrées ondulait une vague de toits surmontés de cheminées. Derrière la tour Eiffel, le soleil éclatant d'un après-midi de juillet descendait lentement à la surface de la Seine, couverte d'éclats d'or.

Mais le destin avait fait en sorte qu'Ismail ne soit jamais qu'un tireur stagiaire. L'avant-veille de Noël 1972, après un vol de six heures depuis la base d'Andersen, le B-52D à bord duquel il tentait de distinguer Hanoï sous un voile nuageux et qui formait un triangle avec deux autres appareils en franchissant la frontière aérienne du Nord-Viêtnam, prit feu à une altitude de 34 000 pieds, touché par un missile ennemi, avant que le navigateur et l'ingénieur électronique n'aient eu le temps de lui donner la moindre directive. Le ciel noirci resta silencieux l'espace de quelques secondes, comme dans les scènes d'apocalypse des films hollywoodiens, avant que tout n'explose dans un vacarme à déchirer les tympans. Ismail ne se rappelait plus comment il avait fait pour sauter en parachute au milieu des fusées qui se précipitaient sur lui tel un essaim d'abeilles en colère. Seul Allah avait pu lui permettre d'échapper à la mort. Tôt le lendemain matin, il était menotté puis conduit à Hỏa Lò : des miliciens d'autodéfense l'avaient trouvé inconscient, la jambe gauche cassée, blessé au dos et à la poitrine, avec des brûlures aux deux épaules, dans les champs de Trâm, en plein district de Sóc Sơn, à plus de vingt kilomètres de Hanoï.

— Les cellules, les moustiques, les cafards et les rats, les interrogatoires, les coups de poing et de fouet, le crachin, le vent du Nord, la soupe de potiron, les nouilles bouillies… tout cela n'était que de nouveaux jeux pour moi. Ils ne m'ont laissé quasiment aucun souvenir. En revanche, être amené à rencontrer des victimes de B-52 a été un véritable cauchemar ! a dit Ismail, toujours sans me regarder.

Et c'est lors d'une de ces rencontres, près du centre de Hanoï, à l'hôpital Saint-Paul dont il n'oublierait jamais le nom, qu'il a rencontré Hương. Cette jeune orpheline avait refusé de partir vers la zone d'évacuation pour rester avec sa grand-mère, alors ingénieure d'une centrale électrique à la périphérie de la capitale. Un an plus tard, il fut parmi les premiers prisonniers de guerre à être libérés, mais les brûlures dévastatrices sur le corps de Hương le hantèrent durant les deux décennies qui suivirent. En 1993, il faisait partie des premiers touristes américains à fouler le sol du Viêtnam depuis la fin de la guerre. Arrivé à l'adresse inscrite sur son carnet, debout devant la petite maison branlante au toit de chaume goudronné, il hésita à lever la main pour frapper sur la porte. Une vieille femme émaciée apparut. Il mobilisa alors tout le vocabulaire vietnamien qu'il avait appris au Little Saigon du comté d'Orange pour demander la permission de rencontrer "Miss Hương". La vieille dame n'en revint pas. Il réfléchit un instant avant d'ajouter : "Miss Hương a été brûlée par une bombe américaine." L'ancienne ingénieure de la centrale électrique fondit en larmes. Depuis vingt ans, personne ne connaissait plus l'existence de sa petite-fille. "Miss Hương" était devenue une femme, dont l'âge était difficile à deviner, au visage très marqué et au cerveau comparable à celui d'un enfant de trois ans. Quant à son corps, il ne s'était développé que pour donner place à des cicatrices de plus en plus envahissantes. Alors que la vieille femme était à la fois perplexe et embarrassée de ne pouvoir offrir une chaise propre ou une tasse décente à son visiteur, Ismail s'assit sur le bord du simple lit où Hương était allongée, probablement depuis son accident. Il prit dans la sienne cette main droite de quatre doigts dont la peau rugueuse lui donnait l'impression de toucher du plastique. Il ne savait plus de quoi il avait parlé, ni pendant combien de temps, si c'était en français, en anglais ou en arabe, s'il avait pleuré tandis que les yeux de Hương fixant continuellement le plafond luisaient de larmes. Le lendemain, il rentra aux États-Unis. Le surlendemain, il invita sa femme à le rejoindre au salon. Il lui dit que l'islam autorisait la polygamie, mais qu'il souhaitait qu'elle consente au divorce, afin de pouvoir épouser Hương légalement. Elle s'en amusa : autrefois affecté par le romantisme pragmatique des Américains, son mari était aujourd'hui contaminé par le pragmatisme romantique des Vietnamiens. Il était tout à fait probable qu'avec cette fille, ils eussent déjà choisi la *negafa**, commandé le banquet, imprimé les faire-part, acheté la robe de mariée, loué un orchestre et même le palanquin. Il y avait de fortes chances qu'ils aient également payé un voyage à forfait, l'Amérique ne manquant pas de lieux susceptibles d'offrir une mer bleue, du sable blanc et un soleil radieux à des prix abordables. Elle s'en amusa. Dès le jour où elle avait mis les pieds sur le sol américain, elle avait ôté son voile et s'était précipitée sur le marché du travail, au point d'en oublier de faire des enfants. Si elle n'avait pas eu le temps de connaître dans le détail les droits des femmes et leurs applications, elle savait en revanche que dans ce pays, en cas de divorce, l'épouse devait être dédommagée. Pour les stars de cinéma, il s'agissait de montants colossaux. La télévision en parlait souvent mais elle croyait toujours avoir mal entendu, tant les sommes étaient astronomiques. Je ne serai pas folle à ce point, mais je

* Habilleuse traditionnelle de la mariée et gardienne des traditions des cérémonies du mariage marocain.

ne serai pas stupide non plus ! se dit-elle avant de regarder Ismail. De nouveau, elle gloussa : "Très bien, ma signature vaut cent mille dollars." Sur ces mots, elle se dirigea vers sa chambre, avec la sensation d'avoir gagné le gros lot sans même avoir joué. Ismail était-il surpris par cette proposition ? J'imagine qu'il avait élaboré son plan en secret, depuis longtemps, au moins depuis quelques années, dès qu'il avait entendu les rumeurs selon lesquelles le gouvernement américain était sur le point de lever l'embargo sur le Viêtnam et de normaliser les relations entre les deux pays. Il était tout à fait possible qu'il ait créé une caisse noire à l'insu de sa femme afin de pouvoir l'utiliser librement en cas de besoin. Possible aussi qu'il eût identifié de grands spécialistes des brûlés et des hôpitaux capables de traiter les séquelles de brûlures à un prix raisonnable. Il n'était pas impossible qu'il ait déjà rendu visite à de grands brûlés. Pas impossible non plus qu'il ait suggéré à l'association des anciens combattants d'exiger que Washington indemnise les victimes de la guerre du Viêtnam. Il était un peu surpris par la somme de cent mille dollars que lui avait réclamée sa femme, sans en être pour autant choqué. Au contraire, il considérait plutôt comme une chance qu'elle ne se soit pas opposée à son projet ou qu'elle ne l'ait pas supplié d'y renoncer. Il craignait bien plus les larmes que le féminisme. Mais pour réunir ces cent mille dollars, il lui fallait être extrêmement économe sur ses revenus de mécanicien et sa pension d'ancien combattant pendant une dizaine d'années. Il n'était pas assez confiant pour jouer à la loterie, ni pour emprunter à des tiers. Alors qu'il se demandait par quel moyen réduire ce délai de dix ans, il tomba un jour par hasard sur ses anciens camarades.

— Cent mille box ? Rien de plus facile : va vendre un de tes reins en Égypte ! C'est ce qu'on a tous fait. Et tu vois le résultat : on a ramené un paquet de fric, on est toujours en vie et on fume toujours autant. Voilà le numéro, tu négocies un bon prix, tu prends tes billets d'avion, tu fixes une date avec eux, un taxi vient te chercher à l'aéroport puis t'emmène à l'hôpital. Et surtout prends le pognon avant de leur filer la marchandise !

À la fin de l'été, dans une clinique illégale du Caire, après une heure d'opération sous anesthésie générale, Ismail se réveilla avec un paquet d'argent à côté de son oreiller et une douleur dans le flanc gauche. Mais son rein restant – l'autre ayant été vendu à un riche patient du Proche-Orient – s'adaptait remarquablement à la nouvelle situation, peut-être grâce à la détermination d'Ismail, combinée à sa foi et aux encouragements glanés dans les feuilles de chou. Deux semaines plus tard, il avait augmenté ses capacités de soixante-dix pour cent. Informé par la clinique qu'il atteindrait les quatre-vingt-cinq pour cent au bout de quelques mois, Ismail prit l'avion pour les États-Unis, où il travailla encore deux ans avant de donner à sa femme la somme d'argent demandée en échange d'un certificat de célibat.

Soudain, Ismail a interrompu son récit. Sans me regarder, il s'est excusé puis s'est hâté vers la chambre de la patiente. L'infirmière de garde qui distribuait les médicaments a levé la tête pour nous saluer. En silence, Ismail a versé dans un verre le contenu d'une bouteille de Vittel posée sur la table, avant de le porter à la bouche de sa femme en prononçant une longue phrase qui m'a fait penser au bruissement du sable survolant le Sahara. L'infirmière restait interdite, les yeux écarquillés. J'eus du mal, moi aussi, à croire à ce qu'avait accompli Ismail : comme par magie, sur le visage immobile, les lèvres se sont entrouvertes lentement pour recevoir les cuillérées d'eau que lui donnait son mari. Après quelques secondes de stupéfaction, l'infirmière a sorti le sachet d'antidouleur en poudre, faisant signe à Ismail de profiter de cette occasion pour le lui administrer. Il a hoché la tête, les yeux toujours rivés sur la bouche de sa femme, tandis que sa main manipulait adroitement la petite cuillère en plastique blanc. Il se dégageait d'eux un lien étrange que je n'avais vu chez aucun couple. Quand j'y repense, je me demande encore comment Ismail, qui me parlait dans le couloir, avait deviné que sa femme avait soif alors que l'infirmière, qui se tenait juste à côté d'elle, ne le soupçonnait même pas, tout comme moi qui, restant attentive aux moindres bruits venant de la chambre en discutant avec lui, n'en avais rien perçu. Peut-être était-ce de l'ordre de la télépathie, ce phénomène vaguement défini comme le fait de "recevoir les pensées ou les sentiments d'une autre personne sans passer par l'un des cinq sens fondamentaux", et que ceux comme moi qui travaillent dans le domaine médical rangent habituellement dans la case "spiritualité". Mais pour pouvoir communiquer avec une personne sans passer par l'un des cinq sens fondamentaux, de quel autre moyen, de quelle autre croyance disposait Ismail ? Après lui avoir donné l'antidouleur dilué dans le verre de Vittel et l'avoir regardée s'endormir, il m'a dit que la plus grande difficulté, depuis qu'il s'occupait de Hương, n'était pas l'effort à déployer pour la laver, lui faire avaler de la nourriture ou des médicaments, l'habiller, l'emmener aux toilettes ou chez le médecin… mais plutôt pour lui expliquer ces choses, car les activités humaines les plus courantes étaient totalement étrangères à sa femme.

— Hương a été coupée de la société dès son plus jeune âge, le vietnamien est donc devenu pour elle une langue aussi étrangère que l'arabe ou le français !

De retour au Viêtnam, cette fois muni d'un fauteuil roulant pour personnes handicapées, il loua une petite chambre dans le HLM de la centrale électrique et vint chaque jour pour emmener Hương en promenade. "Ça c'est un buffle, ça c'est un champ, là c'est le ciel, la masse de coton colorée au-dessus de nos têtes, c'est un nuage, et ces petits animaux qui volent au loin, ce sont des oiseaux, cette lumière qui illumine ta main, c'est un rayon de soleil, la force qui remue ces pétales de fleurs, c'est le vent…" Ismail aidait sa future épouse à découvrir le monde. Au début, il utilisait deux dictionnaires français-vietnamien et anglais-vietnamien au format poche qu'il avait apportés d'Amérique. Une semaine plus tard, il rachetait ces deux dictionnaires en grand format, publiés par la Maison d'édition des Sciences sociales. Une semaine plus tard, il reléguait ces ouvrages dans un coin. Lorsqu'il essayait de dire quelques mots en arabe à Hương, il était surpris de voir qu'elle semblait les apprécier. Il décida alors de continuer à communiquer avec elle dans cette langue. En réalité, c'était plutôt lui qui parlait. Hương, elle, faisait oui ou non de la tête. Mais cela suffisait à surprendre tous les habitants du HLM. Alors que les enfants les suivaient toute la journée, sauf lorsqu'ils devaient aller au lit ou à l'école, les adultes, eux, discutaient des jours durant de l'incroyable histoire de cet "Occidental du Maroc qui s'apprêtait à épouser la petite brûlée". Quelques vieillards se débrouillaient avec leur français appris à l'époque coloniale pour obtenir des informations auprès de l'intéressé. "L'Occidental du Maroc" s'avérait un homme très courtois, rien à voir avec les Occidentaux blancs orgueilleux et autoritaires qu'ils avaient connus autrefois. Il répondait volontiers aux questions les plus embarrassantes dont seuls les Vietnamiens ont le secret. Tandis qu'ils dégustaient une tisane et un amuse-bouche qu'il faisait goûter à la "petite brûlée" tout en lui expliquant chacune de leurs caractéristiques, le visage de celle-ci semblait de moins en moins hébété. Tous les jours, ils étaient invités chez un vieillard francophone où Hương découvrait les châtaignes d'eau, les cacahuètes, le maïs, les galettes de riz, les bonbons au sésame, le jeune riz frais, le thé vert, le jus de gingembre et même le tabac à pipe… tout ce qui composait la variété des amuse-bouches populaires des Vietnamiens. Trois mois plus tard, alors que son visa était sur le point d'expirer et la santé de Hương jugée assez bonne pour faire un voyage en avion d'une vingtaine d'heures, Ismail demanda à la grand-mère de la jeune femme la permission de l'épouser. L'ancienne ingénieure de la centrale électrique n'en revenait pas et fondit en larmes. Il existait encore des honnêtes hommes en ce monde ! Elle pourrait donc mourir tranquille. Tous les habitants du HLM étaient présents pour suivre du regard le taxi qui emmena "l'Occidental du Maroc" et la "petite brûlée" à l'ambassade américaine pour signer leur acte de mariage. Leur histoire retentit encore durant des semaines et des mois, tel un conte de fées moderne. Les gens étaient surpris, mais pas jaloux. Il est probable qu'envers une victime de guerre comme Hương, personne ne voulait se montrer étroit d'esprit. De la même façon, les membres de l'ambassade américaine devinrent soudain les diplomates les plus agréables qu'Ismail ait jamais rencontrés. En un temps record, ils aidèrent le jeune couple à faire les papiers de mariage, accordèrent à Hương un visa de longue durée, intervinrent auprès de l'équipage de l'avion afin d'obtenir une place spéciale pour elle. À ce point du récit, Ismail a rougi :

— Ensuite, c'est notre nouvelle vie en Amérique…

Soudain, l'homme fatigué et usé ressemblait à un timide jeune marié. À mon sourire légèrement taquin, il s'est gratté la tête : il voulait simplement faire ce mariage afin que Hương puisse être soignée aux États-Unis.

— Incapable de s'exprimer avec des mots, elle a commencé à me regarder différemment !

Au début, Ismail pensait que ce changement était dû à l'exil. N'abuse pas d'une jeune femme infirme, se disait-il. Dans le petit appartement où il avait emménagé aussitôt après son divorce, il avait préparé un petit matelas avant de repartir au Viêtnam. Cette nuit-là, après leur retour de l'aéroport, il la fit dîner et la mit au lit avant d'aller dormir sur son petit matelas posé à même le sol. Puis la nuit suivante, et la nuit suivante encore, toutes les nuits, à minuit pile, son corps sombrait dans un sommeil profond, comme pour compenser ses nuits blanches au Viêtnam, et toutes celles des deux dernières décennies. Ses forces revenaient, si bien qu'il avait l'impression d'avoir retrouvé sa jeunesse. Vint ensuite la période où il la conduisit d'un État à un autre, dans des cliniques qui traitaient les brûlures à un prix raisonnable. Partout les experts leur disaient que près d'un quart de siècle s'était écoulé, que les blessures étaient cicatrisées, qu'aucun moyen médical ne pourrait permettre de déplier ses doigts ou de restaurer les parties détruites, que le meilleur traitement pour sa femme serait l'amour de son mari. Les mots "femme", "mari" et "amour" étaient déjà assez embarrassants pour lui, comment pouvait-il les expliquer à Hương ? La vue du visage rougissant d'Ismail ravissait encore davantage les gens. Ils les taquinaient tous les deux gentiment en leur conseillant de faire un effort s'ils voulaient avoir un bébé à la fin de l'année. Un bébé ? Il devenait encore plus confus lorsque Hương se retournait et semblait lui dire : Oui, c'est cela que je veux ! Les yeux pétillants de la jeune femme égayaient tellement les gens qu'ils en devenaient charitables, tous étaient prêts à les présenter aux meilleurs spécialistes des maternités pratiquant des prix abordables.

La première nuit où il se coucha dans le lit à côté de Hương, la honte et la culpabilité l'empêchèrent de bouger, et même de respirer. Il avait l'impression d'abuser d'une jeune femme non seulement infirme mais en exil. Il ne dormit pas de la nuit. Tard dans la matinée, alors qu'il était sur le point de s'endormir, il sentit comme un objet à la fois lourd et chaud sur son ventre. Il n'en croyait pas ses yeux : la main droite de Hương, celle qui ne pouvait bouger en temps normal, ne serait-ce que de quelques centimètres, essayait de le serrer contre elle. Alors il se tourna vers elle et rencontra un regard très doux.

— À ce moment-là, j'ai tout oublié, les cicatrices sur son corps, les tourments dans mon cœur, les dangers qui l'attendraient durant sa grossesse. J'ai fait mon devoir, mon devoir d'époux. Maintenant, je crois que je l'aime. Oui, je l'aime vraiment, docteur ! a dit Ismail, toujours sans me regarder.

Soudain j'ai compris que c'était de cela qu'il voulait se convaincre en me racontant cette longue histoire. Je suis revenue dans la chambre et me suis assise à côté de Hương. Elle dormait. Les traînées de liquide rosâtre autour de ses mollets avaient séché. Sa respiration était régulière. Son ventre palpitait et son visage était devenu plus expressif. Le risque de rupture prématurée des membranes était probablement écarté. La directrice adjointe du service d'obstétrique est entrée de nouveau. Après avoir observé Hương, elle a soulevé le drap blanc, puis s'est tournée vers Ismail :

— C'est incroyable ! Je tiens à vous féliciter, vous et votre femme !

Elle m'a dit ensuite que je pouvais partir, qu'elle ferait une autre prise de sang, mais d'après ce qu'elle voyait, elle était convaincue que la patiente était hors de danger. Ismail était comme abasourdi. Un instant plus tard, il s'est agenouillé et a prononcé quelques mots en arabe, avant de se redresser :

— Je vais être père ? À soixante ans, je vais avoir un enfant ?

Cette nuit-là, allongée dans mon lit, je me demandais ce qui avait poussé ce couple à quitter l'Amérique pour Paris au dernier mois de grossesse, une grossesse qui requérait les plus grandes précautions. Pour prolonger encore sa lune de miel ? Pour vivre à proximité du Maroc, le pays natal d'Ismail ? Pour bénéficier des prestations de maternité gratuites qu'offrait la France ? Ou pour une autre raison qui m'avait échappé ? Je m'en voulais d'être aussi curieuse des affaires d'autrui. Puis je me laissai envahir par un sommeil qui, j'en étais certaine, serait hanté par des corps brûlés, aux bras ou aux jambes, à la poitrine ou au ventre, au dos ou au visage. Les derniers jours de 1972, j'avais été envoyée à plusieurs reprises au secours des collègues de Saint-Paul, de Bach Mai et de Viêt Duc. Tous ces hôpitaux de Hanoï étaient remplis de patients brûlés.

À l'aube, une question m'est soudain venue à l'esprit : durant son séjour à Hỏa Lò, Andreï avait-il jamais été emmené à la rencontre de victimes de B-52 ? Je n'avais aucun souvenir à ce sujet. Peut-être cela n'avait-il pas été autant un cauchemar pour lui que ce l'était pour Ismail. Ou qu'il avait fait une grève de la faim en signe de protestation, ou qu'il avait accepté certains compromis afin d'éviter ces confrontations qui risquaient de mettre à mal sa conscience ou de l'empêcher de vivre en paix. Quoi qu'il en soit, ce n'avait pas dû être facile pour lui d'éviter cette politique générale de Hanoï envers les prisonniers américains.

Nous regardons avec Anna une vidéo dans sa cellule. L'image que j'y vois ne me rappelle rien : un homme d'âge moyen entouré par la foule dans un grand hôpital, probablement aux États-Unis. Mais le nom Andreï Bolkonsky, je n'en crois pas mes yeux, tout comme la première fois il y a vingt ans, lorsqu'il figurait sur la liste des patients prisonniers spéciaux de Hỏa Lò, à Hanoï. Tout comme la seconde fois, il y a six mois, lorsqu'il était mentionné dans le journal *Rousskaïa Mysl* de la diaspora russe. Ce jour-là, au micro, la journaliste demande :

— Monsieur Andreï Bolkonsky, pourriez-vous nous raconter quelques-uns de vos souvenirs avec le personnel médical ?

Et il répond d'une voix grave et éloquente, tant et si bien que si je n'avais pas entendu son nom, je n'aurais jamais pensé qu'il s'agissait de lui :

— La médecine est un noble métier. La vie m'a donné la chance de rencontrer d'excellents médecins, responsables et humains ! Ils ont sauvé la vie de ma femme lorsqu'elle a donné naissance à nos jumeaux, de notre benjamin alors qu'il était pris de crampes en nageant à 800 mètres de la plage de Brighton Beach. Ils ont également sauvé la vie de mon père lors de son troisième AVC et celle de ma mère à sa quatrième crise cardiaque !

Son accent américain doit être charmant. Heureusement, la vidéo est sous-titrée en russe, ce qui me permet de suivre l'interview.

Andreï Bolkonsky est devenu membre du Congrès. Certes, c'est un peu moins qu'un sénateur. Mais ce n'est pas perdu, il n'est pas encore trop vieux et ne manque pas non plus d'enthousiasme. Si Gorbatchev ne l'a pas encore invité au Kremlin, alors Eltsine le conviera pour un verre au palais Gorki-9. Les Russes ont désormais sacrifié le généreux internationalisme sur l'autel du nationalisme. La journaliste poursuit :

— Vous aussi, vous avez dû connaître des moments inoubliables auprès d'une fée en blouse blanche ?

— Bien sûr, et même de plusieurs. Je suis né avec un asthme sévère. Enfant, j'allais presque toutes les semaines chez le médecin. À mes yeux, ils étaient doux comme des fées. Pour tout vous dire, c'est dans leurs cabinets de consultation que j'ai mangé les meilleurs chocolats aux amandes du monde, dit Andreï avec passion.

La journaliste trépigne d'impatience :

— Et plus tard dans votre vie ? J'ai lu un jour un best-seller qui raconte une histoire d'amour entre un pilote américain et une médecin viêt-công dans une jungle qui, si ma mémoire est bonne, se trouve au centre du Viêtnam, à proximité de la frontière avec le Laos ?

— Je tiens à vous rappeler qu'à bord de ce B-52 je n'étais pas pilote mais officier de guerre électronique, EWO en abrégé. Mais si je me souviens bien… En effet, lors de mon séjour à Hỏa Lò, la plus grande prison du Nord-Viêtnam, j'ai eu l'occasion de nouer une relation sans hostilité avec une femme envoyée par le gouvernement pour soigner mes blessures. Cela n'avait rien d'évident car ses supérieurs me faisaient torturer presque tous les jours. À vrai dire, je la soupçonnais même parfois d'être chargée de m'espionner. Vous savez, en fin de compte, tout était possible car nous appartenions à deux camps opposés. Mais j'aimerais garder cette histoire pour moi, oui, et aussi pour lui éviter des problèmes.

Soudain, il n'y eut plus rien sur l'écran : après avoir appuyé sur le bouton Off de sa télécommande, Anna me dit :

— Les histoires d'amour entre membres de camps ennemis sont toujours passionnées. Je me demande quel est ce roman dont parle la journaliste ? Ancienne citoyenne soviétique, je vous parie que ce type faisait l'objet d'un rapport quotidien par cette médecin viêtcông. Les communistes sont des maîtres en matière de "guerre psychologique", ils en ont fait un art. Ce qu'il refusait d'avouer sous la torture, il le révélerait à cette jolie jeune femme, je vous le garantis ! J'imagine une femme aux yeux en amande d'un noir mystérieux, la peau couleur de bronze, les pommettes saillantes, et maigrichonne : je connais bien les goûts des hommes occidentaux. Elle l'aurait regardé avec une telle tendresse qu'il lui aurait lâché chaque jour un petit secret à l'oreille.

Je dois reconnaître qu'Anna a beaucoup d'imagination et que tout ce qu'elle dit n'est pas faux. Cette semaine, au lieu de prendre ses antidiabétiques, de se promener dans la cour et de faire faire ses analyses de sang comme d'habitude, elle avait passé ses journées au lit à avaler des sucreries tout en regardant les cassettes vidéos des actualités de la diaspora russe qu'un de ses proches venait de lui envoyer. À mon arrivée, elle m'avait montré du doigt les papiers de bonbons Haribo éparpillés sur le sol en me demandant de ne pas lui parler de diabète de type 2 ou de rénine : elle connaissait tout ça par cœur. Elle se fichait des complications d'hypertension, des infarctus et des AVC. Avant de se tourner vers l'écran de télévision, elle m'a affirmé :

— Les femmes russes n'ont peur de rien ! Si j'étais libre, tous ces élus américains seraient anéantis. De nos jours, qui se bat encore avec des B-52 ? Ridicule !

Sa phrase à peine finie, elle s'est saisie de la télécommande. En un seul clic, s'est affichée sur l'écran une série de portraits à la Degas, dans le même style que celui qui se trouvait sur le mur central de sa cellule, probablement de la même femme, blonde, très belle, avec de grands yeux légèrement en amande, une large bouche et un long cou – une beauté typiquement russe, si l'on peut dire. Après les portraits vinrent des photos prises sur scène de cette même femme dans différents costumes sophistiqués et entourée de décors somptueux évoquant nombre de pièces de théâtre fameuses, telles que *Hamlet*, *Le Roi Lear* et *Les Trois Mousquetaires*.

— Anna Karénine, l'étoile du théâtre de Rostov-sur-le-Don !

Croisant mon regard en apparence indifférent, elle déclara :

— C'est moi, à l'âge d'or de l'art soviétique !

Dans ce centre pénitentiaire de la banlieue parisienne, de toutes les détenues placées sous ma responsabilité médicale, Anna était la seule étrangère mais elle était aussi la plus éloquente. Bien que son vocabulaire français fût un peu restreint, elle impressionnait ses interlocuteurs par son excellente prononciation, ses intonations et son visage très expressif. Il n'était donc pas étonnant que j'aie eu l'impression dès le début de me trouver face à une comédienne.

— Docteur, ça ne va pas ? Vous êtes toute pâle ! me dit-elle d'un ton inquiet.

Je ne répondis pas. "À vrai dire, je la soupçonnais même parfois d'être chargée de m'espionner." Cette phrase d'Andreï me hante. Après l'avoir entendue, ou plutôt après l'avoir lue dans le sous-titrage en russe de la première vidéo, j'ai essayé de me concentrer sur celle présentant l'ancienne vie d'Anna. Je réussis à suivre à peu près toute la partie concernant sa carrière de comédienne. Mais vers la fin, alors qu'on parlait de cette tentative d'assassinat qu'elle avait organisée, le son est devenu, pour une raison que j'ignore, si faible que je pouvais à peine entendre. Ce fut justement à ce moment-là que cette phrase d'Andreï, "À vrai dire, je la soupçonnais même parfois d'être chargée de m'espionner", m'est revenue. Étais-je fâchée contre lui ? Probablement pas. En fin de compte, tout pouvait arriver, car "nous appartenions à deux camps opposés", comme il l'avait lui-même expliqué. Après toutes ces années, je n'avais toujours pas compris pourquoi les dirigeants de Hỏa Lò ne m'avaient demandé que des évaluations quotidiennes sur l'état de santé d'Andreï, qu'ils n'avaient probablement même pas pris la peine de lire. Dix ans après, lorsque j'ai réussi le test de français et obtenu une bourse pour effectuer un stage dans un hôpital parisien, la police du quartier m'a demandé une somme d'argent en échange d'une attestation de domicile dont j'avais besoin pour obtenir mon passeport et mon visa. En silence, mon père a ouvert son armoire et m'a donné une alliance en or laissée par ma grand-mère. Ma mère, en revanche, en a fait tout un plat. Elle voulait absolument que je demande à mes supérieurs d'intervenir.

— Quels supérieurs ?

— Le ministère de l'Intérieur, a-t-elle répondu.

C'est alors que j'ai compris que ma mère avait toujours cru que sa fille était une espionne envoyée à Hỏa Lò par le Parti dans le but de surveiller les patients prisonniers américains. J'ai divisé en deux parts égales l'argent obtenu par la vente de la bague en or rue des Bijoutiers : l'une pour graisser la patte à la police du quartier, l'autre pour offrir un pot-de-vin au personnel du service des ressources humaines du ministère de la Santé. À l'aéroport de Nôi Bai, mon père m'a tendu une autre alliance en or, également de ma grand-mère défunte. Il espérait que je n'aurais pas à la vendre. À Paris, je ne me retrouvai finalement pas sans argent, mais l'alliance a disparu quelques mois plus tard, lorsque la porte de ma chambre mansardée a été forcée.

Ma mère ne m'avait pas accompagnée à l'aéroport. Cloîtrée dans sa chambre, elle ruminait sa colère et son amertume : sa fille avait donc accepté de soigner des prisonniers de guerre américains, une besogne qui non seulement ne m'avait rien rapporté, mais qui lui avait fait perdre l'opportunité de devenir la belle-mère d'un rejeton de deux dirigeants du Parti. Plus tard, c'est avec la même colère et la même amertume qu'elle a appris, par une connaissance revenue de France, que sa fille prenait le train deux fois par semaine pour soigner les détenues d'une prison de banlieue parisienne, un travail non seulement mal payé mais qui lui faisait perdre la face, ma pauvre mère, aux yeux de ses collègues et voisins. Peut-être est-ce pour cela qu'elle n'a plus répondu à mes appels après m'avoir informée de l'installation du téléphone à Hanoï. Dès l'enfance, j'avais compris que si ma mère portait un quelconque amour maternel dans son cœur, il devait être uniquement réservé à mon frère, ce qui m'a d'ailleurs rassurée. Au lieu de m'affliger, son choix me rendait libre. Je n'ai jamais tenté d'imaginer ce que ce serait d'être aimée par ma mère. Je sais seulement que jouer la comédie avec elle au téléphone aurait été une torture pour moi, une torture coûteuse, y compris au sens propre : à l'époque, le tarif d'une minute de conversation téléphonique entre Paris et Hanoï était d'une douzaine de francs. Elle a tenté, pourtant, de me piéger avec son amour maternel : un jour, mon frère, sans me prévenir, a pris l'avion de Leipzig pour Paris. Il est arrivé en taxi avec une valise chargée de présents de la part de notre mère : un kilo de raviolis aux crevettes et aux champignons, un kilo de beignets de calamar, un kilo de saucisses de porc et toutes sortes de gâteaux de riz. Installé chez moi, il dormait le jour et mangeait la nuit. Au terme de deux semaines – le matelas placé dans le séjour couvert de trous de mégots de cigarettes, ses chaussettes sales éparpillées dans le couloir et la salle de bains et sa valise de nourriture ne contenant plus que des feuilles de bananier moisies et des sacs plastiques du Dông Xuân Center de Berlin –, il m'a dit :

— Tu as pour mission de m'obtenir la nationalité française !

Je n'ai pas répondu.

— C'est comme ça dans toutes les familles : les premiers arrivés doivent aider ceux qui viennent après.

— Il n'y a pas d'autre moyen que de travailler, ai-je dit.

Il s'est tu avant de poursuivre :

— Les travailleurs à Paris sont exploités, pas vrai ?

Je restais silencieuse.

— Les logements à Paris sont minuscules !

Je restais toujours silencieuse.

— À quel âge les Parisiennes prennent-elles leur retraite ? a-t-il demandé.

— Ainsi, tu appelles maman tous les jours ? ai-je répliqué.

Il s'est tu. Le lendemain, j'ai caché mon téléphone dans une armoire fermée à clé. Le surlendemain, il a déclaré :

— J'en ai marre de Paris.

J'ai hoché la tête. Ses vêtements sales mis dans sa valise, je lui ai donné quelques milliers de francs pour ses billets d'avion et son argent de poche, puis j'ai appelé un taxi pour le conduire à Roissy. Le reste de mon salaire du mois était tout juste suffisant pour régler la facture de France Télécom. Quoi qu'il en soit, mon frère, ou plus exactement ma mère, avait en partie raison : à Paris, les travailleurs sont exploités et les logements minuscules.

— Les hommes, tous des ingrats ! C'est ma plus grande leçon de vie, je vous le dis, docteur ! dit Anna en me regardant d'un air interrogateur. Je croyais qu'elle avait oublié le journal russe qu'elle m'avait prêté il y a quelques mois et le regard que j'avais eu en tombant par hasard sur ce nom : Andreï Bolkonsky. Rien de répréhensible pourtant dans le propos d'Andreï qui, objectivement, semblait plutôt sincère. Mais pourquoi cette phrase me hante-t-elle ? Pourquoi suis-je devenue si pâle ? Est-il vrai que je n'ai jamais plus pensé à Andreï ? Je ne sais pas. Vingt ans ont passé, tant de choses sont arrivées et j'évite de revenir en arrière. Peut-être que je ne crois pas au romantisme, ni ne me permets de me bercer d'illusions. Depuis mon plus jeune âge, j'ai toujours été convaincue, je ne sais trop comment, que le romantisme, comme les illusions, ruinaient la vie des gens. Andreï était plus romantique que moi.

Je suis arrivée à la prison, le gardien m'a ouvert la porte de la cellule avant de s'en aller, l'air particulièrement pressé. J'ai appliqué du jus de curcuma sur ses plaies fraîchement cicatrisées et du permanganate de potassium sur ses piqûres de moustique, mesuré sa fréquence cardiaque, observé sa langue. Une fois l'examen de routine terminé, je suis restée assise sur une chaise et j'ai attendu le retour du gardien pour partir. Soudain, Andreï s'est rapproché de moi pour me prendre dans ses bras. Je suppose qu'il savait déjà que ce jour-là serait celui de notre dernière rencontre. La veille ou l'avant-veille, la direction de Hỏa Lò avait annoncé la bonne nouvelle aux prisonniers tout en leur demandant de garder le secret. C'est pourquoi il ne m'avait rien dit. Ou peut-être croyait-il que je le savais depuis longtemps, depuis des mois, en tant qu'espionne chargée de le surveiller. Les mains d'Andreï étaient douces et chaudes. De façon insensée, je me suis prise à rêver que le monde autour de nous s'était écroulé sous les bombes, comme c'était arrivé quelques mois auparavant, afin de pouvoir garder ma tête contre sa poitrine. Mais des pas résonnant au loin nous ont séparés. Nous n'osions pas nous regarder. Il m'a demandé si j'avais de quoi noter l'adresse et le numéro de téléphone de ses parents. J'ai secoué la tête. Il y avait bien un stylo et du papier dans mon sac, mais j'ai fait signe que non. Il a dit qu'il me les dicterait et que je devais essayer de les retenir. J'ai gardé le silence. J'étais pourtant capable de retenir les formules chimiques les plus complexes et les plus absurdes. Il m'a dicté le numéro une première fois, puis une seconde fois. Les yeux fermés, je me suis interdit de mémoriser ce numéro et ces noms inconnus. Le couloir était de nouveau calme. Andreï s'est approché, comme s'il voulait me serrer une fois encore dans ses bras. Tout était flou dans ma tête. Puis il y a renoncé. Nous restions immobiles. Je ne me rappelle plus exactement ce que j'ai pensé à ce moment-là, mais je me connais suffisamment pour savoir que je n'en ai pas souffert, tout en appréciant la douceur de ses mains. Je me sentais même rassurée par le choix d'Andreï de ne plus me serrer dans ses bras. Au lieu de m'affliger, il me rendait libre. Tout comme lorsque j'ai compris que tout l'amour de ma mère était pour mon frère.

Imaginons ce que je serais devenue si j'avais été romantique et bercée d'illusions : j'aurais passé ces vingt dernières années à la recherche d'Andreï. J'aurais épousé Nicolas à Hanoï et accepté de venir en France pour soigner, physiquement comme moralement, un septuagénaire grognon et insatisfait car depuis sa retraite, ses revenus divisés par cinq auraient mis fin à sa vie luxueuse de diplomate. Chaque jour, j'aurais dû faire ses courses, préparer ses repas, nettoyer la maison, l'emmener au parc, chez son médecin, chez son coiffeur, au cinéma, en attendant patiemment le jour où il serait allé dans une maison de retraite ou, idéalement, au cimetière. À cinquante ans, j'aurais été libre, dans tous les sens du terme : après l'avoir enterré en pleurs, ses enfants m'auraient invitée à quitter l'appartement parisien et la villa en Corse. Mon passeport français en main, je me serais envolée jusqu'à

Los Angeles, où j'aurais filé en taxi à l'adresse que je connaissais par cœur.

— Hélas, mademoiselle, cela fait bien longtemps que M. Bolkonsky s'en est allé au ciel. Quant à Mme Bolkonsky, Dieu l'a rappelée auprès de Lui l'année dernière, m'auraient appris les voisins, avec émotion.

— Monsieur Andreï ? Oui, Monsieur Andreï est toujours vivant, se serait exclamée une dame.

— Oui, vous pourrez le trouver à Little Odessa ! aurait lancé une autre.

Tous à l'unisson m'auraient souhaité bon voyage. Je me serais dit en me pinçant les lèvres : "Encore huit heures d'avion et ce sera fini, tiens bon ma vieille !" À Brighton Beach, vers midi, la température aurait été d'environ 42 °C. Tous les Russes auraient été là, les enfants faisant du vélo le long de la promenade de la plage, les femmes légèrement vêtues et alanguies sur le sable, les hommes ivres morts au milieu des cadavres de bouteilles.

— Andreï Bolkonsky ? Il vient tout juste de partir ! m'auraient dit des passants.

— Il fera son discours à cinq heures cet après-midi ! m'aurait dit une dame.

— Oui, à la librairie Saint-Pétersbourg ! me dirait une autre encore.

La librairie Saint-Pétersbourg, que j'aurais aperçue en marchant de la station de métro jusqu'à la plage. Il me serait resté quelques heures avant cinq heures. Alors je me serais assise au café Vstrecha où j'aurais commandé des *pelmeni* à la crème et un thé à la bergamote. La force me serait revenue, et avec elle les illusions et le romantisme fanés après toutes ces années d'humiliation. À quatre heures et demie pile, je me serais retrouvée dans la plus grande librairie de Little

Odessa, qui vendait non seulement des livres mais aussi des poupées, des ours en peluche, des vases en céramique, des robes brodées, des foulards fleuris, de la vodka et des matriochkas. Mon cœur aurait explosé chaque fois qu'un homme grand, mince et aux cheveux courts se serait approché de moi. Mais le discours aurait déjà commencé, au deuxième étage. Je m'y serais précipitée. Au milieu des réfugiés russes au teint pâle et au regard perdu, un homme d'âge moyen, imposant, au visage rond et au crâne chauve, aurait été en train de leur expliquer les démarches pour obtenir des allocations familiales et la sécurité sociale gratuite. J'aurais attendu, mais en vain. Aucun homme grand, mince, aux cheveux courts ne serait venu parler de Tolstoï et de *Guerre et Paix*.

OUVRAGE RÉALISÉ
PAR SOFT OFFICE
À EYBENS
ACHEVÉ D'IMPRIMER
SUR ROTO-PAGE
EN JANVIER 2025
PAR L'IMPRIMERIE FLOCH
À MAYENNE
POUR LE COMPTE DES ÉDITIONS
ACTES SUD
LE MÉJAN
PLACE NINA-BERBEROVA
13200 ARLES

DÉPÔT LÉGAL
1re ÉDITION : MARS 2025
N° impr. : 106308
(Imprimé en France)